徐鲁诗选

乡愁与恋歌

徐鲁 著

陕西师范大学出版总社

图书代号　WX18N0862

图书在版编目（CIP）数据

乡愁与恋歌：徐鲁诗选/徐鲁著.—西安：陕西师范大学出版总社有限公司，2018.7
（徐鲁文学选集）
ISBN 978-7-5613-8854-9

Ⅰ.①乡…　Ⅱ.①徐…　Ⅲ.①诗集—中国—当代　Ⅳ.①I227

中国版本图书馆CIP数据核字（2018）第111764号

XIANGCHOU YU LIANGE：XULU SHIXUAN
乡愁与恋歌：徐鲁诗选

徐　鲁　著

选题策划 /	刘东风　郭永新
责任编辑 /	郭永新　韩　冰
责任校对 /	杨　雯
装帧设计 /	观止堂_未氓
出版发行 /	陕西师范大学出版总社
	（西安市长安南路199号　邮编　710062）
网　　址 /	http://www.snupg.com
印　　刷 /	西安市建明工贸有限责任公司
开　　本 /	720mm×1020mm　1/16
印　　张 /	20
插　　页 /	2
字　　数 /	260千
版　　次 /	2018年7月第1版
印　　次 /	2018年7月第1次印刷
书　　号 /	ISBN 978-7-5613-8854-9
定　　价 /	55.00元

读者购书、书店添货或发现印装质量问题，请与本公司营销部联系、调换。
电话：（029）85307864　85303629　传真：（029）85303879

自　　序

我自20世纪80年代初开始诗歌创作,到现在,不知不觉,竟也有三十九年的时光了。当年的那个天真质朴的少年,头发已经变灰,芳华已逝,面目全非,虽然还说不上入世已深,但散文早已从门外进来,诗从窗口出走了,却已经成为事实。

本集编选的,是我从1981年到2017年间创作的主要诗作。儿童诗和故事诗、童话诗等,因为已出版过多种单行本,除个别篇目外,本集一般不再重复选入。因此,这部诗选可以说是我三十多年所创作的抒情诗的首次编选结集。

诗选编为以下四辑：

第一辑：早春。从我1982年在《布谷鸟》杂志发表的诗歌处女作《一束小山花》开始。这一辑编选的是我在20世纪80年代初期刚刚学习写诗时留下的一些"少作"。它们是我最初的脚印,是青嫩的谷穗,是第一次的抒情。现在回过头看看自己在这几年里发表的一些诗歌习作,我竟惊讶地发现,几乎每一首诗,都与祖国的命运、时代的潮涌以及当时那种春潮在望、春回大地的蓬勃气象息息相关。这个时期,既是浴火重生的祖国进入改革开放新时期的早春时期,也是我个人创作生涯的早春季节。这个阶段留下的诗歌篇什,在我当年的笔记本和日记里还保存下来不少,这里只选入当时公开发表过的十数首,聊作春泥鸿爪,其余一概藏拙。

第二辑：乡愁。这是我自20世纪80年代后期以后的主要抒情诗作。内容多为怀念故土家园、歌唱土地山川、抒写家国情怀等等。我是一个少小离家的人，也是一个比任何人更渴望还乡的人，但实际上我离故乡是越来越远了。故乡人视我为游子，异乡人眼里我又只是一个过客。内心的怅惘发而为诗，即是那剪也剪不断的乡愁。我青年时代的朋友、诗人王家新先生在一篇文章中曾说到，国外一位著名作家主张把"创作中的自我"与"生活中的自我"分离开来，并认为评论家的任务就在于寻找和发现一个作家的"内心的故乡"。对于我来说，我"内心的故乡"（或曰"精神的家园"）也就是我的"外在的故乡"——那片生我养我，拥纳我又抛弃过我，疼爱过我也折磨过我的土地。但我知道，我的乡愁是一片爱。我想让我的故乡了解我，就像让母亲明白儿子的心迹。

第三辑：恋歌。这是我写于不同时期的爱情诗作。佛罗伦萨城外有一座"老桥"，是诗人但丁和他终生的恋人贝特丽丝相见的地方。我的心中也有这样一座不朽的"老桥"，今生今世，它不会坍塌。自然，这一辑里的诗都非一时一地所作；也只有我自己知道，这些恋歌，这一首是献给谁的，那一首又是为谁而写的。有的诗作中的抒情对象，也许就是偶尔走进我心中、引起我内心一阵战栗的某一个美丽的幻影，而并非一定实有其人。但是对于读者来说，无论献给谁都是一样的，重要的是，它们是一个人在渴望爱与被爱时的真实心曲。

第四辑：大地。这一辑选入的是几首篇幅稍长一点的抒情诗或组诗，是对祖国、人民、时代和辽阔的山河大地的歌唱，是我对故国山河的咏赞，也试图呈现我们这一代人的家国情怀。我从青年时代起，就对一些杰出的、大气磅礴的"政治抒情诗"，怀有深深的敬意与向往，并且认为，一个优秀的诗人，不能没有自己的"政治抒情诗"，这应该是一个诗人心中永远燃烧的"圣火"。圣火是伟大而瑰丽的，它们也是我心目中的"歌中的歌"。可惜的是我缺少驾驭这方面题材的才能，写得不够好。

在诗歌艺术上，我并不是一个形式主义者，也并非完全是一个唯美主义者。"诗言志"，诗人首先应该是一首"人之诗"，我主张，诗歌首先是一个心灵的问题，而并不是技巧的问题。因此，我也没有表现出什么先锋和探索的姿态。恰恰相反，我在诗歌写作中倒是经常流露出一些回归传统的倾向。我崇尚一种朴素、自然、清新的美，有时候真诚地追求一种牧歌的风格。我所接受的诗歌影响，也主要来自俄罗斯诗人如普希金、莱蒙托夫、蒲宁、叶赛宁等。可以说，是普希金教会了我怎样抒情。在我的心中，普希金不仅是俄罗斯"诗歌的太阳"，也是一切诗人的最高标准。此外，诗人戴望舒翻译的法国诗人果尔蒙的《西茉纳集》，也曾使我沉迷了许多年。还有海涅的歌谣，泰戈尔的抒情诗，也曾让我流连忘返。中国现代诗人中，我喜欢（因而读得最多）艾青、戴望舒、何其芳和曾卓、彭燕郊等"七月派"诗人的作品。我在1984年有幸拜曾卓先生为师，受到了他切实的影响，也得到了他热诚的指点、扶掖和帮助。我在诗歌方面的长进（如果说确有一点"长进"的话），是和曾卓先生的鼓励与关怀分不开的。

出版自己一个阶段的作品集，等于是为自己的一个阶段创作做一个小结。三十几年写诗的历程走过来了，回头看看，不免觉得汗颜。往者不可追，来日或可为。我知道，即使命运最终把我钉到了散文的十字架上，我心中的诗的火焰，也仍然不会熄灭。我可能今生今世写不出一首好诗来，但我相信，我拥有一首最好的诗——在我的心中。

在20世纪行将结束的时候，我曾开始着手编选自己的这本抒情诗选集，并在1996年春天初步编选成书。但因拟编入的部分作品刊发时间较早，一时难以找到，只好暂时停了下来。这一停顿就是二十几年。这期间我对诗集的出版意兴阑珊，加上别的创作计划一个接着一个，致使这部诗歌选集一直没能编选出来。就连这篇"自序"的文字，也是断断续续，一直没有最后定稿（这篇自序的初稿，曾收入拙著《剑桥的书香》，中央编译出版社1996年版）。

2016年夏天，我的诗论集《追寻诗歌的黄金时代》出版之后，编选诗歌选集的事又浮上了我的心头。这是我与诗歌女神三十多年来的一份"未了情"，应该到"圆满"它的时候了。

正好就在这时，我无意中看到在出版界工作的一位友人王慧敏女士发在微信朋友圈里的一条短语,说的是兰登书屋创始人贝内特·瑟夫的一句话:"每一位受人尊敬的出版家都应该出版诗歌,甚至一些明知会亏本的诗歌。多年来,我们也付出了自己的一份力量。"因了慧敏的这则短语,我对这部诗选又增添了一点兴致和信心。

承蒙陕西师范大学出版总社嘉纳与厚爱,这两三年来陆续出版了我的几本创作集,已然形成了一套"徐鲁文学选集"系列。与该社大众文化出版中心郭永新兄商量后,他慨允将这部诗歌选集也纳入"徐鲁文学选集"系列。于是,一部被我延宕了二十多年的诗选,终于可以付梓问世了。我对出版家的感谢,自不必待言。而这篇在二十多年前就写出初稿的"自序",也总算可以"定稿"了。

徐 鲁

2017年深秋于东湖梨园

目录

第一辑 **早春**

一束小山花（组诗）／003
故乡送小月／006
护林老人的歌／008
屈原塑像前／009
母校／010
我从山的那边来／012
静静的野菊／015
二月兰／017
那时候我是多么年轻／019
小镇之歌／021
启航／024
山中的老人／026
泊月之河／028
少女的红樱桃／029
泥之河（组诗）／030
诗歌之鸟／036
致改革者／037
告诉我，这是一个怎样的季节／038
冬日的夜晚／041
河／042

鹰 / 044

群星时代 / 047

含笑 / 048

雨天之花 / 049

烟 / 050

水的联想 / 051

无名的墓地 / 052

致我的热情 / 054

在旷野上 / 056

第二辑 乡愁

湘西之什（组诗）/ 061

高原上的向日葵 / 065

北方的高原 / 067

大月亮地 / 069

人在江南 / 071

江南之夜 / 073

热爱生命 / 075

爷爷的嘱托 / 077

关于传统 / 079

我歌唱农作物 / 081

蝈蝈叫 / 084

神鼓 / 086

家园 / 088

蓝村以西 / 090

紫色围巾 / 091

回首 / 092

千里风雪路 / 094

醒狮 / 096

灵与肉 / 097

谢幕 / 098

雪莲之歌 / 101

黄昏星 / 103

岁末雪夜之歌 / 107

夜读李清照 / 113

朝发江南岸 / 114

裸体的生命 / 116

桥梁之歌 / 117

致悲怆的蟋蟀 / 119

美的突破 / 121

自白 / 123

春到江南 / 124

致诗友 / 125

1996岁暮纪事 / 126

冬夜怀恩师 / 128

海子在昌平 / 129

浙江路桥上的夜色 / 132

致读者 / 134

亲爱的故乡 / 135

活着，就意味着一切 / 136

二裂叶银杏（组诗）/ 141

辛叶村恋歌 / 147

北方新娘 / 149

新娘之歌 / 150

打破的水罐 / 151

生命的恋歌 / 153

不朽的老桥 / 155

中秋寄远 / 156

等待 / 158

秋天十四行 / 160

第三辑 | 恋歌

呼唤 / 161

怀人 / 163

思念 / 164

天外的燕子 / 165

帕莎蒂娜之夜 / 167

说吧,地坛 / 169

浅水湾梦歌 / 171

西安之一 / 174

西安之二 / 176

有赠 / 178

夜行的驿车 / 179

S城某夜 / 181

今夜的月亮 / 183

记否西山 / 185

漂泊者的歌 / 186

风花 / 187

多么安静啊这一个黄昏 / 188

许多年以后 / 190

露从今夜白 / 192

深秋十四行 / 193

守望之歌 / 194

我记得那美妙的一瞬 / 195

幽兰之歌 / 196

守岁之夜 / 197

断章 / 199

致一百年以后的你(组诗) / 200

哪里是存放灵魂的地方 / 215

北京的春夜 / 216

幻觉与幻听 / 218

当春夜阑珊,夏日消逝 / 219

老去的只是时间 / 221
寄友人 / 222
豫西北的秋叶正红 / 223
车过安阳，没有停下 / 225
从一个秋天，到另一个秋天 / 227

第四辑 大地

人之诗 / 231
可可西里之歌 / 235
重回沂蒙山 / 238
诗传单一束 / 244
回到民歌（组诗）/ 246
父与子之歌 / 261
香格里拉组曲 / 265
祖国早安 / 280
蓝色星球之歌 / 285
为时代抒情，为人民抒怀 / 289
英雄赞歌 / 295

徐鲁诗歌出版年表 / 307

第一辑 | 早春

一束小山花（组诗）

一束小山花

上学的路上采一束小山花，
悄悄地放在我的窗前。
孩子们留下了自己小小的祝愿，
汇成我生命的永久的春天。

夜莺在歌唱

黄昏收拢了飞鸟的翅膀，
夜莺却在深夜的星光下歌唱。
她唱着，歌声充实了多少人的美梦，
她唱着，歌声里充满对时光的渴望。

耕耘着，并且讴歌

在这个月儿圆圆的秋夜，
我静静地听着，想着。
在一株美丽的星星草下，
蚯蚓在耕耘着，并且讴歌……

播种

听窗外春雨匆匆的脚步,
我思念那冬天里荒废的土地。
走啊,我们播种的季节来了,
否则,我们又将收获叹息,
并且咽下悔恨的泪滴……

孩子会赞美我们

这土地是我们的土地。
为了那收获的季节早日来临,
我珍惜着生命的每一个黎明和黄昏。
我听见大地对于植物的呼唤,
我听见幼笋爆出地面的欢欣。
也许,当秋风送来问候的时候,
白雪早已覆盖了我的双鬓,
但我将是无怨无悔的,
那时候,孩子会赞美我们!

我歌唱属于未来的力量

再也不去咏叹爱情的波折,
再也不去抱怨童年的悲伤。
我把自己交给了孩子,
让心儿和孩子一同歌唱。
我歌唱我的小小的校园,
我歌唱我的简陋的课堂。

我歌唱那些甜润的朗读的声音，
我歌唱这些属于未来的力量。

1981年

故乡送小月

既然忧愁的云已经消散
不再有隆隆的雷声
把小燕子的心震颤
既然蒙蒙的雨已经停息
不再有凶残的风
去撕落野百合的花瓣
既然你已经展开了洁亮的翅膀
既然你已经微笑
笑得那么自然……
那么,让我现在就送你走吧
我也不再怀疑
过去的那些誓言
愿你牢记着我的别绪
大胆地跨出故乡的门槛
去寻找那些我们都在向往
都在向往着很久了的东西吧
你不要害怕孤单
故乡的星星
会永远跟着你走向遥远
我知道
远方的月亮会让你想起草垛上的歌谣
我知道

远方的花朵会让你想起柳河里的笑脸
但是，相信吧，小月
当你在远方睁大眼睛的时候
我们也会在同一个时刻里
把故乡的每一条小路加宽
我们盼望的那个季节就要来到
那时候，故乡的伙伴们
会放一只故乡的布谷鸟
去远方把你呼唤

1981年

护林老人的歌

黄昏收拢了飞鸟的翅膀，
山林悄悄地进入了梦乡。
月光下又响起老人的箫声，
像清泉在山谷潺潺流淌。

山林中只有他孤单一人，
箫声里却听不出半点悲凉。
谁说这是严冬的夜晚？
那箫声分明似春风飘荡。

1981年

屈原塑像前

我不知道
你这饱经风霜的诗人
是否喜欢
我这用故乡的柳叶
吹出的欢乐的笛音
望着前来拜访的
无数个你的臣民
我不知道
你是否能够理解
那一片来自山野的纯真……

在你最最不幸的时候
你是否想过
离开自己的家乡
离开你的苦难的祖国
而走向那
没有痛苦的地方?

1981年

母 校

  一切眼睛
都从这里带去光亮
  一切喉咙
都从这里带去歌唱
  一切心灵
都从这里带去憧憬
  一切手臂
都从这里带去力量

  一切笔墨
都从这里带去真诚
  一切琴弦
都从这里带去乐章
  一切犁铧
都从这里带去信念
  一切风帆
都从这里带去向往

  一切种子
都从这里带去生命
  一切花朵
都从这里带去芬芳

一切歌声
　都从这里带去深情
　　一切梦想
　都从这里带去翅膀

1982年

我从山的那边来

我是一只小小的春鸟
衔着片片绿叶
　　　衔着点点春光
从山的那边悄悄飞来
每一支歌
　　　都染着野花淡淡的馨香
我的歌,所有的歌
在春天,都插上了
　　　山野馈赠的洁亮的翅膀

为着那些在牛背上摇大的孩子
心中也飞出了奇妙的愿望
为着那些羞怯而又美丽的少女
也大胆地走进了村边的月光
为着那些压不弯的身躯
因希望而增添的
　　　山一般的力量
为着那些辛苦的母亲
眼睛里渐渐退逝的
　　　雾一般的忧伤……
我的歌啊,你飞吧
愿你飞到更多的地方

你是那个早起汲水的山妹的声音
是她昨夜梦里的那抹微笑
你是那个启动了拖拉机的
　　小伙子的声音
是他清早放飞的秘密的理想
你是那个在村头放牛的
　　小牧童的声音
是他朝向白色小学校的天真的目光
你是那位在田埂上走来走去的
　　老人的声音
是他那暂且还藏在心底的愿望……
我的歌啊，你飞吧
你是山野的风
每一丝每一缕都带给人们
　　新的欢畅……

啊，我的歌声，我们的
　　所有的歌声
都在这温暖的土地上回荡
衔着山那边越来越新的话题
在三月的天空里
　　依依飞翔……

是的
老年人，正蹲在田头谈论着
哪儿的农民，如何结伴
　　畅游长城、苏杭
年轻人，也不再

只爱野花和山冈
他们竟出奇地争论起亚运会场
和那幅名叫《父亲》的油画
还有优美抒情的
　　谢莉斯、王洁实的二重唱
就连山道上的那群孩子
也在向老师询问了——
电视上，那个名叫海蒂的小姑娘
和那座秀丽的阿尔卑斯山
　　在远远的世界上
　　什么地方？

啊，我的歌声，我们的
　　所有的歌声
都静悄悄地，起自山野的心上
并且让更多的人
真正的相信
在中国
　　在中国的
古老而绵延的地平线上
无数个小湾，也像无数只金翅鸟
正在这明媚的春天里
　　抖动着金色的翅膀
这是真的
它们也要飞，飞啊
　　飞向最最美丽的地方……

1982年

静静的野菊

听说，那美丽的野菊花
又一次在深深的山谷间开放
听说，她开得仍然那么热烈
像那年的秋天一样……
啊，我为这一切深深地祝福
祝福这艰难的土地上重新开放的
　　　无言的爱，无言的顽强……

风风雨雨的日子离我们很遥远了
山乡的小姐妹一个个在故乡的浅水塘边
悄悄地拂去了心中的忧伤
那么，那些小小的美好的梦啊该放飞了
相信吧，这是我们自己的季节
那些藏在心底的歌啊
还要等到什么时候再唱呢？
今天，当你看到一朵一朵的白云
轻盈地飘过绿色的山岗
当你看到一群一群的金翅鸟
在无边无际的田野上自由自在地飞翔
我想，你一定也在渴望
渴望长出一双神奇的会轻轻飞起的翅膀

而且，当你看到一对一对的彩蝶
追恋着从秋天里走过的小姑娘
当你看到一队一队的蒲公英
依依地行进在太阳目光和湛蓝的天空上
我想，你一定也在遐想
去邀上一群笑声朗朗的小姐妹
去穿上自己更新更美的衣裳
在故乡的山道上，一个亮翅
就使所有的人从遗忘中记起
你深秋的美丽和深秋的芬芳……

野菊花，野菊花
你遍布山乡的静静的野菊花啊

1983年

二月兰

二月兰
那么长那么长的日子没有见到你了
你走得好远
二月兰
在今天
　　这丝丝小雨和你说悄悄话了么
　　这拂晓的风给你捎来秘密的信了么
二月兰
你开了
那么羞涩又那么大胆
小小的二月兰
你羞涩而又大胆地
开放在深山
　　开放在我故乡的每一条小路边
你还记得我们的轻快的无忧无虑的歌么
你还记得我们的憨厚的充满欢乐的脸么
二月兰
小小的二月兰
你也相信今天
　　相信今天这雨、这风、这温和的阳光么
二月兰
你是美丽的

我想我故乡的每一位小伙子
都一定在暗暗地盼着你哪
盼望着你来
　　做他们的质朴的忠诚的心的见证呢
盼望着你来，从他们的手上
　　再轻轻地飞到羞涩的山妹子的鬓边
二月兰
你让我们盼得好苦啊
我想，既然所有的雾都已消散
那么，在这个异常美丽的早晨
所有的小姐妹都会看到你的
所有的小姐妹都会穿起最新最美的衣裳
　　走到一起来的
二月兰
　　她们会惊奇于你的自信
　　她们会响应着你的召唤
她们还会奔走相告
那声音，会让故乡的每一个角落都听见
　　啊，春天来了
　　　　我们来了
这是真的
　　我们自己的春天，来了……

1983年3月

那时候我是多么年轻

我是那样轻易地走了
故乡的风悄悄为我送行
我不知道,风里还站着一位瘦弱的姑娘
我不知道,蓝手帕遮住了她含泪的眼睛
啊,那时候我是多么年轻

不知道一片自由的云彩
会给明亮的池塘投上阴影
不知道一只唱歌的小鸟
飞走时会牵动着一颗心一双眼睛
啊,那时候我是多么年轻

路途上挥别无数个黎明和黄昏
野百合花儿几次开放又凋零
到如今我才忽然觉得
她说过的一句话我还不懂
啊,那时候我是多么年轻

又是故乡的野百合盛开的时候
我依依地回想着往日的情景
但有一封信却不知道该往哪里寄

有一支歌不知道唱给哪一座山听
啊,那时候我是多么年轻

1983年

小镇之歌

夏夜从高高矮矮的木楼顶滑下
夜风从大大小小的街巷口涌进
躺在月光里的江南小镇
正挥动着团团的蒲扇
驱赶着一天的困顿

老人们又讲起那些古老的传说
偶尔捶打着竹椅子
表达着内心的悲愤
一群孩子围绕在一盏路灯下
不知道在把什么找寻
而那些美丽贤惠的小母亲
正唱着轻柔的摇篮曲
摇动着江南小镇的
未来的居民……

我悄悄地从他们身边走过
江南的小镇啊
我爱你的悠然与古朴
我爱你的祥和与温馨
而我更愿意把最深的期望和祝福
留给他们——

受着一曲熟悉又亲切的箫声的牵引
我来到了这一边
这一边,是充满生机的一群
这一边,葱绿的小叶女贞树
悄悄揩净了白天的灰尘
月光,淡淡地透过树叶
像江南女子的目光一样温存
木楼上的灯光那么明亮
灯光,照耀着小镇上年轻的人们
他们——请你相信,正是他们
在把最新的话题从远方引进
连我也惊奇了
他们在谈论欧洲
他们在描述自由女神
他们还在激烈地进行
中国人口问题的争论……

我站在这里听了很久很久
月光和星光,洒遍了宁静的小镇
这时候,一阵夜风吹过来

我忽然觉得
这风，比所有的风都要清新
都让人振奋

1983年

启 航

——献给我们的老船长

我们的船长老了
他深情地凝望着远方
年轻的水手们走上前
把启航的汽笛拉响
于是,旗帜和心灵
和生命展开的翅膀
都在这庄严的时刻里
获得了奋飞的力量……

为了我们众多的孩子
童心里早已矗立的幻想
为了我们艰辛的父亲
晚年的幸福和安详
此刻,我们饱经风霜的船长
他正扬起那桅杆一般的手臂
向着深远的大海
目送着我们远航……

带着千万个母亲的嘱托
带着新一代孩子们的盼望
我们踏上艰辛的爱的航程
寻找那理想中的宝藏

任那激越的歌声飘飞
任那岁月的彩旗飞扬
老船长啊！你为我们自豪吧
贴近的心握紧的手靠拢的肩膀……

永远也不会把你遗忘
你的名字一万次地刻在我们的心上
永远地不再迷失航线
不让一只船搁浅在荒凉的地方
让我们为新一代的水手欢呼吧
也为我们年老的船长歌唱
你看他那依依惜别的目光里
正蕴含着我们整个父辈的期望……

1983年

山中的老人

只有你种植的那片马尾松
像你一样还站在你从前站过的山顶
只有你住过的那栋小木屋
像你一样还伴随着那片青青的小树林
直到夜深直到雾散
直到天边又悄悄升起苍白的三星……

每一条山泉都在怀念着
你那岁月一般苍凉的箫声
所有的山路都沉默着
瞭望着山那边走没走来你蹒跚的身影……

而这一次你却真的没来真的没有来
只有我知道你是走进了一个长满了绿色的
林子的梦
而且你还梦见自己变成了夏天的云
而且你还梦见自己变成了春天的风

也只有我知道
山中的老人啊
过不了多少年
就会有无数的高大的马尾松

默默地站在你很小很小的墓碑前
山中的老人啊

1984年

泊月之河

中秋夜独对一条泊月的河
听晚风送来一支没有名字的渔歌
那位老水手,整年浪迹在异乡
今夜,你的心是否还在思念里停泊?

啊,我劝你不必过分地痛苦吧,
你这可敬的
　　　长年辛劳在水上的长者
其实我们都是流浪的人
夜夜看见的都是异乡的渔火
而今夜这明月自会照着遥远的故乡的岸
照着她亲手种下的团团圆圆的
　　　早已熟透的石榴果……

就好像老家呀、亲人呀
哪一天不是装在你的心里呢?

1984年

少女的红樱桃

少女们捧着故乡的红樱桃
从明媚的四月里嬉笑着走来
谁也留不住她们的脚步
少女们轻盈的身影
　　是属于整个山野的

少女们捧着红樱桃像捧着故乡
幻想着走遍所有的地方
谁也买不走她们的歌声
少女们美妙的歌声
　　是属于整个春天的

少女们双手捧着春天
从一切纯真的目光里
幸福地走进又走出
谁也不愿阻拦她们
少女们熟透的爱情和幸福
　　是属于整个乡村的

1984年

泥之河（组诗）

泥之河

像养育两岸的苜蓿、草与苹果林
泥之河以它的朴素的温情
养育了我们
　　泥之河
是我们所有乡村孩子的
父母之河

四个季节的忧伤
十二个月的等待与顾盼
供奉我们以欢乐、以生长
以游戏于流沙的童年与少年
泥之河的水声
流贯在我们的生命和诗歌里
如热血澎湃

即使有一万次
向着泥之河挥别
必有另外的一万次
为着泥之河归来
　　泥之河

是我们所有乡村孩子的
父母之河

城市

这是布满齿轮和灯光的城市
是布满白色的斑马线的城市
它的每一扇高大的玻璃窗里
都有许多大神秘

我们都从草地和河滩上走来
我们的背后
有我们的开着桐子花的村庄
有我们的河流和沙土的城堡

走向城市之前
母亲让我们穿上了唯一的新衣和新鞋子
并且嘱咐了好多到了那儿要小心的话语
我们就这么胆怯地走到了城市面前

我们因此也就成了更加孤独和敏感的孩子
城市的目光总让我们觉得很严厉
我们很受委屈
我们总是在没有人的地方
很委屈地想起我们的开着桐子花的村庄
和我们的河流

晚秋的温情

阳光懒懒地照着收获后的田野
道路发着晴和的光
拾穗的孩子们
坐在路边吹散了自己的蒲公英
狗在田边追逐麻雀为乐
它们也知道
  这是晚秋的温情

野菊在没有人的地方
开着最后的金色的花
风在它们的叶上
做着细致的叮咛
一棵秀美的枫树
好像田野上等待着什么的少妇
出神地望着远处的山口
那儿有成群的鸟儿
  在飞来飞去

牛在村边悠闲地甩着尾巴
像田园诗人在抒情
偶尔听到一两声
年老的农人对它们真正的赞美
它们也知道
  这是晚秋的温情

白色小花

那是偶尔开放的几枝白色小花
谁也不知道它们的名字
它们也不是含笑花
别的花儿盛开的时候
它们是寂寞的
寂寞地看着温暖的季节
渐渐遥远

有一天当所有的花儿
都已凋落
白色小花却悄悄地开放
每个人都觉得格外芬芳

给爷爷的信

什么时候
我们将沿着从前的小路悄悄回去
重新回到你的身旁

听那暮色里的河流和水磨
轻轻地唱着我们小时候的歌
坐在童年的井台上
去想起一个遥远的故事
在深深的夜晚
听你端起那支古铜色的长长的洞箫
缓缓地吹起乡愁

吹出遍地苍凉的月光

想这江南萧瑟的风
早已吹到了长江
吹到了北方的山上
而又有谁呢
会踩着黄叶小路到那山去
为你送去过冬的衣裳?
雪将落了

什么时候
我们能够回去呢
爷爷,我们的忧郁是一片爱啊

深深的秋天

就是那只美丽的雁
从山的那边悄悄飞来
悄悄地落在浅水塘边
告诉这里的每一个人
　　秋天就要走远了……

她悄悄地告诉这儿的每一棵树
不要为以后空旷的日子感到悲哀
她悄悄地告诉每一条河
离开了这儿的人
　　过不了多久还会回来

风起了
一片一片的秋叶在山谷飘荡
把浓浓的乡愁
飒飒地点燃在每一颗远行的心上
这时候我又听见了那声声雁叫
在遥远的地方
你也满含着怀恋与风一样的惆怅……

就是那只孤独的雁
飞过了这秋天
　　这深深又深深的秋天啊！

1985年

诗歌之鸟

诗歌之鸟
勇猛地穿越过生命的海洋
触扑岩壁而亡
那是值得的

它的泣血的歌唱
给予英雄以神秘的力量
它是不死的
灵魂附在英雄的身上

1985年

致改革者

在没有路的地方
有一条路在召唤你
祝愿你跨越过犹豫之墙
穿过茫然的目光之网
踏着不屈的信念
走向开阔的那端

我的全部声音
在你的背后化为风
它不仅代表我
也代表一个大复数的力量

为了美好的希望而奔走
为更加灿烂的前景而繁忙
你的艰辛是真实的
我愿做你的第十一根手指
好在疲惫之夜
将你智慧的眼睛轻轻合上

我知道在这样的日子里
你没有时间感受孤独
感受个人那小小的哀伤

1985年

告诉我，这是一个怎样的季节

告诉我，这是一个怎样的季节
告诉我，那迎面吹来的是什么风

在记忆之上
在一切渴望之上
每一颗心都感到了它的强烈
　　　　　　和它的迅猛
它吹过一切的山谷与平原
它吹过一切的村镇与大城
它吹过一切的幸运与不幸
在岁月之上
在一切变迁之上
每一双眼睛都感到了它的神奇
　　　　　　　和它的骚动……

告诉我，这是一个怎样的季节
告诉我，那迎面吹来的是什么风

含苞的花朵如期怒放
被压抑的小草应运而生
经受不住这强烈的阳光照射的
　　　便逃之夭夭

习惯了一切温情岁月的
　　也匿迹销声
新美的愿望
像云雀欢叫着冲向了广阔的蓝天
积久的呼吁
有如羁困的百灵唱出了心灵的歌声
啊，一切的船
　　正离开岸的宁静，走向海
一切的旗帜
都飘展在
　　无所遮拦的明净的天空

告诉我，这是一个怎样的季节
告诉我，那迎面吹来的是什么风

仿佛已经走进了春天
却又时时感觉到冬日的寒冷
仿佛已经走出了艰难
却又越来越觉得肩头的沉重
仿佛是刚刚开拓出一条崭新的道路
却又不得不立刻承认它的狭窄
仿佛离丰美的秋天的原野越来越近
却又时时觉得
　　脚下仍踩着苦夏的泥泞
仿佛已经跨过了最后一道艰难的门槛
就要赢得花束，赢得赞美的掌声
却又突然发现
　　双脚又踏上另一个起点

　　　　面前仍是一片棘荆丛生……

告诉我，这是一个怎样的季节
告诉我，那迎面吹来的是什么风

告诉我啊，这是不是我们
　　经受着饥寒
　　经受着贫穷
　　苦苦等待的那个季节
告诉我啊，这是不是我们
　　经受着曝晒
　　经受着寒冷
　　久久呼唤的
　　能够带来福音的风
告诉我啊
让所有的乡村城市平原山谷春兰秋菊
让整个中国告诉我——

这是一个怎样的季节
那迎面吹来的是什么风

1985年

冬日的夜晚

那时候
总是黄昏把我们从野外赶回小村
好像把一群冬天的小鸟
从野外赶回黑洞洞的小树林
妈妈用一个很吓人的故事
把我们捂进被窝
我们就在被窝里竖起耳朵
静静地听着外面的声音……

谁家的小狗在叫唤?
通往村外的小路上谁在行走?
老槐树枝在响……是谁在弹琴?
风在胡同里奔跑……
一会儿来推推我们的纸窗,
一会儿来撞撞我们的大门……

那时候
每一个长长的冬日的夜晚
我们都为一些很小很小的事情担心
可那时候我们谁也说不清楚
这是什么原因

1985年

河

那时候我常常呆坐在你的身边
每一块游动的白云上
也就坐着我的童年
山那边升起的炊烟告诉了我
这块土地就是我出生的地方
年老的祖父在没有月光的晚上
吹起苍凉的箫声
忧郁地向我们讲述着
什么是岁月
什么是乡愁

后来我们一个个都离开了你
后来你就一次次在我们的梦里出现
连同我们记住的村庄和草垛的模样
连同我们记住的老磨坊和炊烟的模样
连同母亲黄昏里的身影
和唤我们回家加衣裳的声音
连同山道、树雨和一个个春天
春天的早晨,多雾又多烟……

啊,清苦的、无言的
哺育着我们长大的母亲河啊

那时候我们对不起你
而现在我们要加倍地爱你!

1985年

鹰

鹰,就是才华。
　　——雨果

你总是这样在最艰险最峻峭的地方飞翔如光。

在最寂寞又最自由,
最没有欢乐而又最纯洁的地方,
英雄含恨葬身,
诗人因博大的忧愤而投江,
改革者怀着沉重如山的叹息
而迁徙而流放。

在大峡谷的黑暗里,
在高原晨昏的空旷之中,
在莽原的轰鸣的大雷雨里,
在大盆地的雾中,
在大森林的风涛里,
在滔滔的江河的浪巅之上,
在一切的峰顶,一切的暗礁雪浪之上,
在悲哀的船沉江之后的最后的寂静里——
你展开你的铁的翅子飞翔着啊!
哦,你这天之骄子!

你这黑色的无畏的精灵!

你的眼睛是另外的两颗属于自己的太阳,
它们最犀利,最机敏,最明亮。
照彻着你的大爱与大憎,
和你的崇拜与嘲笑的对象。
你的双翅迎风,扩展如丛林。
虽然你常常触扑于岩石、巨柯、丛莽
而流下殷殷的热血,
而纷纷坠落下你的雄健的铁的叶子,
但你的心,最自由最博大,
你的信念,最辽阔最坚强!

不死的英雄的化身,
诗与闪电的灵魂,
忠贞的自然之子啊!
背负浩大的天宇,只有你看得清人间的真实:
一切的卑鄙与高尚。
一切的美与善良。
一切的渺小与怯弱。
一切的罪恶与肮脏。

有一本诗集叫《悬崖上的窗》。
你正是选择在那儿,
筑你的巢,筑你与众不同的巢。
在那儿孕育你的大希望,
在那儿织你的勇敢的大意志的网。
在那儿啄敷你的结痂的指爪和沉重的翅膀。

在那儿——
  在星空下的大神秘里,
  在四野茫茫的孤独中,
  在突如其来的风暴里,
你时刻又准备着失去你的家啊……
其实哪一道悬崖上,
又没有你的家和你的窗呢?
也只有如此,你才拥有为诗人所景仰的——
值得骄傲的命运!
  和幸福!
  和自由!
  和不朽的灵魂!

1986年

群星时代

星群在云彩之后闪耀

灿烂夺目

渐湿的风隐隐吹过

地平线如山脊隆起

河床发出嘎嘎的呼唤

丛林如大鹰之翅

干渴的心像山中河谷的橡树

在最后的忍耐中

等待雨季

1986年

含 笑

你给我忧愁我却发现了快乐
我的眼前因此展现着一片芳菲大野
生活是沉重的
我却把它想象成一首希望的诗歌
我知道在我走过的道路边
会留下一些值得记忆的花朵

我的心常常在孤独中感到自由的温情
爱是真实的它恰如一片无声的叶子
向自我以外捧出自己完整的颜色
我知道我的灵魂常常因此而含笑

1986年

雨天之花

黑色的，红色的，蓝色的……
各式各样的伞正运送着美丽的雨声匆匆而过
分不清哪一位是可尊敬的教师作家工程师
也不知道谁是肩负重任的共青团员改革者
所有人的脸都是陌生的
所有人的背影又很熟悉很亲切
这情景让我想起年老的庞德
在地铁出口所看见的那些湿漉漉的生命的花朵
哦哦，不认识他们的名字
我也面对着这坚实的前进的人流
它真实地告诉了我什么是生活的大节奏

1986年

烟

捉摸不定如充满激情的鸟儿
无枝可栖你在正午的山野里
唱着变调的歌曲
眼睛是高山上寂寞的湖
早晨你欢乐深夜你忧郁
生命之水渐渐化为紫色的烟雾

形体如发育完好的芒果树
旺盛而丰腴
但你忘记了你是谁
花朵被人任意采摘
仅供一次短暂的欢乐
你却失去了最珍贵的收获

到最后,两滴静默的眼泪
成为你全部的财富

1986年

水的联想

自然与生命共有的水
从远处流来
鲜亮的苜蓿
在心灵的岸边盛开
叶子与花瓣
布满了阳光的斑点
生活着是美丽的
岁月如蓝色的花朵
开放出不朽的色彩
但是寻求幸福与爱情
一如寻求水源
你得越过沼泽之地
越过艰辛的岩岸

1986年

无名的墓地

黄昏的时候
我一个人走过一片
无名的墓地
我看见许多美丽的小花
在向我点头致意
宛若在深情地
祝福一个活着的人

我的心里
一种善良的意念
突然间升起
我想象着将来的某一天
我是不是也会躺在这里
和这些无名的人们
躺在一起

一棵棵小小的山杨树
将友好地守护在
我们的身边
像亲爱的兄弟
草丛中的蟋蟀
将在月光下

轻轻地为我们每个人
唱着平等的安魂曲

1987年

致我的热情

我热情的鸽子,你飞累了
如今你从外面回到我的手上
你带来了许多人的祝福
给你的,也是给我的
祝福我们共同的童贞与善良

你咕咕地叫着充满了温情
我却不知道你都飞过了哪些地方
给哪些人送去过安慰
唤醒过何处的玫瑰和丁香
我如今用双手梳理着你零乱的羽毛
一如梳理着我的疲惫的诗歌和梦想

我热情的鸽子,你真的飞累了
你暂且在我的谢意与歉意里睡去吧
我知道外面的天空比我所想象的
更要辽阔而多艰
能适应它的必须是
更为坚强的灵魂和翅膀

你是太天真了,我的鸽子
你不能够代表我再飞了

你睡吧。我试着让我的灵魂变成鹰
去撞那更险恶的命运之门
去穿越更悲壮的浪之谷、海之沫
去给人们以另外的启示与联想

仅仅是一种尝试
我的心在一种不安里
再一次等待着
一些好的或者快乐的回响

1987年

在旷野上

当我漫步在冬日的旷野上
我感到耳边充满了许多微弱的呼唤
仿佛来自冰河
来自大雪覆盖的泥土之下
来自寂静的林子与林子之间
它们悄悄如诉
如露滴,如雨丝,又如风片
这些声音是固执的
如一种熟悉的、愈来愈近的足音
又让我想起最小最嫩的植物的芽尖

这时候又仿佛有一万种舞姿
在我的眼前幻化,幻化成一枝
羞涩又高雅的水仙
它使我想去追寻那遥远的初恋
又提醒着我将来失音的那一天

我就这样,在旷野里,在雪地上
一整天都被一种神秘的柔情所激荡

但我知道最终我所期待的

又不可能是些具体的形象

1987年

第二辑 | 乡愁

湘西之什（组诗）

别人对我的赞美，我把它们弃如炉灰
而你即使对我诋毁，我也看作是赞美
————安娜·阿赫玛托娃

五月端阳

又是五月端阳了
我正在三湘的山岭间行吟
我看到了　我的好父兄
他们像死去的先人一样划着龙舟
我的好姐妹
她们把一串一串心形的箬叶粽子祭洒江心
在雾蒙蒙的泪雨里
他们唱着悲怆的挑桡曲
为你招魂——

天不可上兮，上有云程万里
地不可下兮，下有九关八极
东不可游兮，东有弱水无底
南不可往兮，南有野兽狐狸
西不可向兮，西有流沙千里
北不可去兮，北有寒冰盖地

啊啊，多么熟悉的声音
多么善良的心
大夫回来吧！回到故里来
故里啊！故里啊！
它是所有的漂泊的诗人的母亲

沿着依依的江岸
我也无声地流着复杂的热泪
回首走过的山川，丘陵和村庄
回首背后的沉默的广阔的大地和森林
我仿佛在一瞬间也看到了自己的命运——

是的，世上不是没有我们的知音
我们的好知音，为我们招魂的神灵
只能是亲爱的人民

献给索溪

许多的声音流到了一起
便流成了一条弯弯的清苦的索溪
便有了古老的埠头、木楼和苦楝树
便有了狗、白塔、船工和女子
便有了兵和商人
炊烟便从那溪边的木楼里默然升起
如同默默升起的一个不平静的日子
船只便从那埠头的曙色里缓缓远去
远去、归来，最终还是远去
这样，索溪的女子便有了许多

欢乐的和最为不幸的故事

至于岁月到了今天
自然正有一些东西
被冲洗到遥远的下游去了
也许永远不会再看到了
当然也有一些东西
因为受着某种鼓舞
正在两岸固执地存在着
也许永远都不会泯灭

至于含着泪水或者受着更深的委屈
而离开了这儿的人
肯定有一天（也许是明天）是会回来的
至于把自己的根已经深深地
扎进了两岸的泥土的人们
当然会生生不息

南方的萍

过去的生命与爱情的种种虚荣
它们都随风飘散了

该开的花儿开了
虽然，没有结果
不该走的路走了
虽然，没有留下踪迹

生命原本是短暂的
欢乐无期
现在，唯一的心愿是回归
回归到自己的再生之地

但是离开乡土这么久远
我发现早已失去自己的根了

1986年

高原上的向日葵

在众多的生命中我景仰你
你平凡而又高贵
旷野上的忠诚的守望者
太阳的永远的爱人
燃烧的心啊！希望和爱恋
使你充满苦难的光辉

在这个寒冷的世界上
你传递着来自地母与天空的
双重的温情与甘美
你不属于庸俗的城市
你是艰辛而质朴的耕耘者
和收获者的兄弟姐妹

你也是点燃在北方的旷野上
和高原上的金色的火炬
导引着一代代大地之子走向你
受苦受累却无愧无悔
你是家园是父辈在招手
是老母亲的身影摇荡在风中
在黄昏的村口唤我们回归

在寻求幸福和欢乐的旅途上
多少颗心儿已经疲惫
穿过外省道路上的层层风沙
我背着生命最初的行囊向你走来
远远地看见昔日的乡土和村庄
看见高原上你无声的身影
我的眼里迸涌着热泪

1986年12月

北方的高原

你，周原的厚土啊
你是供奉我们生生息息
堇荼如饴的高原慈母！
一切幸与不幸的命运的
渊薮和归宿。
——灵肉之初，
也将是最终的
乐土啊……
你苍凉与仁慈同在；
你贫穷与富足并举。
你以远远的凝固成一片的黄土山塬为怀；
你以珍贵的一点一滴的甘露为乳。
滋育我们
　　　使我们强壮。
让我们一如创世纪的先民
经受高原上的雷、电、风、雨……
在空旷的黄土层之上，
让我们耕种，相爱，歌舞，
创建自己的文化和史诗。
让我们拥抱音乐，
尽情地腾踏于自己的家土，
腾起烟尘，

荡起腰鼓,
展开双臂如大鹏迎风,
让狂热的鼓点如震天动地的春雷,
夸耀我们唯一的节日与丰收之后的狂欢,
倾尽我们命运中的悲与苦……

我们曾经有过那种时候,
眼含热泪,
　　边敲边舞,
组合起庞大而苦难的队伍,
向苍天祈雨。
也组合起壮烈的
　　祭日的队伍……
这同样是我们不幸的命运的需要啊!

1986年12月

大月亮地

我不是最后的一个乡村诗人
即使有一天我会老去
我的歌也不会成为绝唱
我也不是一个轻易的
可以离开故土的人
当深夜突然醒来
想起梦里的亲娘
那一声声揪心的呼唤
我怎么能够抵抗?

我相信只要我还活在
这一片大月亮地上
就会有我的兄弟姐妹
拿来最后的一口水
和最后的一块面包
与我分享
有若在漆黑的夜里
总会有一双亲人的手
为我把最后的一盏灯点亮

亲爱的故乡啊,贫穷的故乡
我在为你而奔走

虽然我可能终其一生
都在远离你的地方流浪
就像一丝斜雨
默默飘过春天的身旁……

1987年

人在江南

近黄昏
穿过寂静的水杉林
渔舟唱晚
野渡无人
吹叶笛的牧童已经回村

近黄昏
我打江南走过
江南可采莲
江南可采芹
而我只是个过客
空负了千金一刻的光阴

近黄昏
徘徊在宁静的江南小镇
风从北国吹过来
吹来乡愁一阵阵
故乡何其温暖
江南何其温存
二十四番花信风
轮番吹过了，吹过了
如同归人的跫音

近黄昏

天上飞过最后的雁群

山前有村落和灯火

山后有微茫的星辰

而我是那最后浪子吗

该向谁去念那怀乡的诗句

家在江南黄叶村

一条云路

两倍乡愁

两个故乡

共一颗心……

1987年

江南之夜

在江南最寒冷的冬天的夜晚
我思念着你们
　　　召唤着你们
我的童年和青年时代的伙伴
我的亲人
我的被钟爱过又被忽略过的
　　　美梦与青春
还有我的母校
我曾经相濡以沫的
　　　初恋时的山村……
匆匆的岁月
就要使我们一同变得苍老
宛如一夜不可遏止的大风雪
就要盖过那一片
　　　曾经何其葱郁的树林
世界在日日改变着自己的容貌
时间是一匹不老的马儿
它拉着我们每个人
命运的三套车
向着未知的驿路
　　　匆匆地飞奔
当劳碌的城市的人们

关上门窗
熄灭了他们最后的一盏灯
当我的艰辛的乡村
阻于大风雪中
沙哑的狗吠声里
又送走了一个
半夜里告别了家乡的人
这时候
我逼真地感到
一种深深的乡愁的降临
它们比黑夜更使我觉得寂寞
它们像冬夜里的风雪
扑打着我焦灼难安的
　　怀乡的心……

1987年

热爱生命

我常常逼真地感到
生命中最为孤独又最为美丽的
那一部分

当我一个人走在异乡空旷的路上
或者是在一个黄叶落尽的晚秋
独自穿过城市
穿过人群和高楼
站在郊外静谧的旷野上
站在一座四野茫茫的山丘
或者一个人站在星空之下
想象着,有一天
当我背着昔日的行囊
像一个做错了事的孩子
蹑手蹑脚地
返回村庄的时候……

当我面对着一丛无言的灌木
一簇寂寞的小花,面对着
一条来自遥远的山谷的小溪流
在某一个雪夜
听着窗外呼啸的风声

痛苦地想起一支遥远的歌
想起中学时代悄悄迷恋过的
温柔的女老师
美丽的同桌朋友
我的心里，我的心里
突然间将会灌满如雾的乡愁

而一段没有标题的音乐
也令我遐想又使我忧愁
那伐木丁丁的带露的幽谷
小毛驴驮着成捆的麦子
在我故乡的大地上艰难地行走
秋风起了，雁也归去
母亲从遥远的小山村里
托人捎来一封信
寒衣、棉鞋和问候……

这时候，我总是逼真地感到
生命中最为孤独最为美丽的
那一部分

1987年

爷爷的嘱托

——仿叶赛宁

自从我离开风雪故乡
独自向南方流浪
我总是把爷爷的嘱托
牢牢地记在心上

苦命的孩子
你要好好往前闯荡
不要像爷爷一样活在世上
不要想家也不要忘了家
山外的风大
天凉了不要忘了多加些衣裳
也不要让城里人骗去了什么
更不要把真心话对他们讲
尤其不要
叫城里的女人迷上
不知道你们所说的诗人
是不是像老一辈当年出去
闯关东一样
无可奈何而又艰辛
苦命的孩子
要是你实在做不下去啦
那你就回来吧

回到你自己河滩上的村庄
做些实实在在的活儿吧
在村里挑个温顺的媳妇
也总比城里的女人善良

1987年

关于传统

当许多人向你提出挑战的时候
我却日日感到你眩目的光芒
你是我古国的太阳
谁能够把你射落
五千年的大地上
　　　有你不朽的反光……

你照着谁人在河边坎坎伐檀
硕鼠硕鼠，勿食我黍和我麦
他们的声音何其亲切又凄凉
那又是谁人含泪擗琴于高山
谁人在大泽之上问天无语
遂使高洁的生命融进了
千年滔滔不息的大江
五月端阳，何处招魂还故乡
一声声是父老们和姐妹们的呼唤
穿越时空，牵动我的衷肠

愈是四周昏暝的日子
愈觉心灵对你的依望
你照着游子怀念的园中葵
你照着征人回望的陌上桑

你照着拍遍栏杆的辛稼轩
你照着幽州台上举目四顾的陈子昂
照着英雄梦中的冰河铁马
那一片片燃烧在家园的
和燃烧在心中的狼烟火光……

深情最属于诗中的周原
你照着汗滴禾下土
你照着十里菱荷香
春日载阳,有蝉长鸣于垄上
多少的岁月声音不改
多少的风雨痴心不变
我跟随着久违的兄弟姐妹
去北国的田野双手采桑
采我祖先的殷殷血脉
采我生命深处的良知和阳光
双手采来五千年的历史情思
　　织我一生最美的华章……

1989年

我歌唱农作物

我不能不歌唱
我所熟知的那些农作物
它们像我亲爱的兄弟一样
年年在我熟知的乡土上顽强地生长
它们是我们年年的面包
酒、盐和四季的衣裳
它们是我们年年的欢笑
安宁和最真实的希望

哦，你们金灿灿的玉米田
我童年的第一次的伊甸园
我少年和青年时代流过最多汗水
又吮咂过最多甘甜的地方
哦，你们诚实的沙土之下的落花生
最早的人生哲理的象征
我的永难忘怀的收获的梦想
哦，你们芬芳的大豆豌豆和玉蜀黍
饱满的绿色年年装点我贫瘠的乡土
召唤着我们生生息息
鼓舞着我们每天的力量
收获的季节到了你们也懂得快乐
赤诚地奉献是你们共同的信仰

还有你们多淀粉的甘薯和马铃薯
你们层层的小麦和燕麦
哦，我记得你们返青拔节抽穗灌浆
直至成熟的日日夜夜
记得你们喂我以青粒刺我以针芒
拥我抱我在收获之后的路边禾场
七月的闪烁着幻想的夜呀
坐在高高的麦垛上，故乡的新月
第一次向我洒来如水的光芒……
还有你们长在半山腰的临冬的苦荞
垄边的蓖麻和刚正不阿如火如剑的红高粱
你们都不能够从我的乡土上消失的
不能够从我的生命里消失的！不会的
我景仰你们怀念你们如同怀念
向我的艰辛的乡土捧出的赤诚心肠

哎，我不能不歌唱
我所熟知的农作物
祖祖辈辈风风雨雨
我们同在这片土地上生长
成熟的根块金色的颗粒
喂养着我们所有饥饿的生命
只有你们能使艰辛的乡村开怀欢唱
我歌唱你们赞美你们
我更歌唱和赞美我们共同的土地
用血和泪水赢来的今天的雨露和阳光
相信吧！离开了这乡土

我们不会有更好的命运
除此之外还有什么样的金钱与欢乐
能够长久地使我们的眼睛兴奋得发亮
——哦,我的、我们的
又美丽又艰辛的乡土啊……

1989年

蝈蝈叫

想听一声蝈蝈叫
想听一片蝈蝈叫
我是如此真切地想听一片蝈蝈叫啊
在路边在苹果园
在大豆叶儿肥美的半山腰
叫声灿烂又纯粹
叫声如歌又似潮
想听一片蝈蝈叫
想让蝈蝈叫洗一洗人生的疲劳
洗一洗少小离家时的满腔酸楚
洗一洗满身心的灰尘与烦恼
不是我不大想起自己的老家大洼地了
不是的，只要是来自故乡的芬芳
新鲜的古旧的我都视若珍宝
我在想，我的所谓的诗人的事业
比起今日的大洼地来
怎么越来越觉得苍白又渺小
当一辆辆雅马哈长途贩运在黄昏归来
风驰电掣地驶过大洼地的机耕大道
电视天线宛若故乡伸出的触角
这时候，只让我一个人留在大月亮地里吧
我是从拥挤的城市里回来

我的呼吸和脚步都变得轻轻又悄悄
我想既然大洼地以新的姿态呈现给我
在新的岁月面前我能不有一片新的感觉?

1989年

神　鼓

　　我不能不歌唱
这面牛皮蒙成的土鼓
我知道最先捶响它的
是我的镳彼南亩的先民
土鼓的声音是山呼海啸
和风雨雷电的声音
他们捶响它一如捶响自己
整个不幸的命运

　　我的目光看遍了
古老的牛皮鼓中伤痕累累的那一面
它被奉为神鼓，是土地神所赐
五更星所辖的那一面
祖祖辈辈击鼓迎旦
祈求着村民安乐大吉
岁岁月月，风调雨顺

　　多少双手敲击过它啊
和着鲜血眼泪和不屈的信心
向苍天祈雨
在峰巅上祭日
还有冬日的旷野上浩荡的送殡……

沉重的鼓点倾吐过多少代人的
苦难、欢乐和悲愤
斑驳的朱漆如血如火
于无声中涤荡着我的灵魂

　　我不信神，但我不能不崇拜
我亲爱的人民
穿越汗漫的时空
我站在这古老的牛皮鼓前
我听见了从遥远的古国传来的
隆隆的历史的回音
鼓声深沉、凝重且灿烂
五千年的情思在我的心中
泥浪般翻滚……

1989年

家 园

　　我思念你们——
热血的土地，贫穷的村庄
深如千年冰冷的命运的老井
一如我的生命的圣杯
是你们让我活着：劳动和奋斗

给我肉体、灵魂和血性
让我爱，让我恨，让我流泪
让我赤手去和苦难较量
仰天欢笑和尸骨成堆……

我从脚底下捧起的
是我的父兄姐妹们早已腐化的骨头
我思念这些骨头！它们曾经格格作响
如狂风中的橡树，面对命运
它们挺立过，爱过恨过，呼喊过
被抛弃又被容纳，被捏合又被击碎
恩恩仇仇多少代，却无愧无悔
当它们最后仆倒在命运的疆场
它们也变成这褐色的土粒
令我们垦植、膜拜和赞美
　　谁能够是你啊

五亿七千万年的沧海，日晒风吹
蒸发沉淀成斑斑的土地之盐
坦露出母性的炽热的胸怀
以含盐含钙的血乳供我濯饮和品味
不朽的、高耸的流水呵
我思念你们！久远的水声
激活我多少行将灭绝的族类
日日夜夜，穿透寒冬和死亡
荡漾在我岩石般的躯体之内

  芸芸众生的母亲
饥饿、灾难和创伤的产床与植被
走遍风雪天涯，何处将是
我们的灵魂最后的家园
田园将芜，胡不归
遥远的声音被多少人记起又遗忘
多少人的心灵渐趋疲惫
而只有你，只有这片圣土
总在远方深情地、忧愁地
注视着我们，感知着我们
用你的贫穷和温热，用你的慈辉
为我们招魂，唤我们回归……

1989年

蓝村以西

列车在穿越南方的村庄
和辽阔的异乡的原野
窗外有金色的玉米林
它们在默默地等待农人的收割
一片片秀丽的红杉树
依偎着蓝色的河流和湖泊
白色的鸟儿是自由的精灵
它们在那里飞起又飞落……

城市在我的背后渐渐消失
连同我的最初的岁月
它们是被看不见的巨手摘走了
如同摘走没有成熟的苹果

记忆比铁轨还要漫长
但蓝村以西我决不错过
我走了三十年才到达你的身边
我是个归人,不是过客

1990年

紫色围巾

多少年又多少年
弹指挥手间
那条紫色的围巾伴随我
从北国到江南
从童年到中年
一步步,多长的旅途和记忆
一年年,多少炎凉和冷暖
春去秋来,劳燕纷飞
昔日的伙伴们远走天边
为我编织围巾的母亲
也已长眠在故乡的青山
多深的记忆渐渐黯淡
多少情怀早已经改变
漫长的雪夜里听着那风声
默想着生命的过去和未来
多少的乡愁翻涌心间
多少的温情,斑斑点点

1990年

回　首

许多的道路在我的眼前交错
它们使我充满信心，又令我惶惑
哪一条道路将是我最谨慎的选择？
哪一条道路又能够给我自由
让我的生命变得开阔？

远远地我在凝眸你的灯光
我的心灵微微颤抖
如同静静地感受一些悲伤
原谅我来向你告别
有一条路将颠簸着把我送回故乡

我已经长久地在广阔的人世间漫游
背着我的小小的行囊
没有留下踪迹
离开了故乡我觉得自己是孤独的
我背后的道路蜿蜒空旷

我失去了许多最好的亲人
甚至我的母亲
邻家的美丽的公主
也没能成为我的新娘

虽然她苦苦地等了许多年
她为我栽下的樱桃树花开花落
村里的人谁看了也觉得心伤……

而今我能够不回去么?
不,超越一切爱情
那才是我的生命,是我再生的希望!

1990年

千里风雪路

你说我们一同牵手回去
看看故乡的大月亮地
一同跳过月光下那些
美丽而安静的积水
走回河滩上的村庄去
你说我们要一同脱下
三十岁的鞋和袜
赤脚涉过二月的河汊
二月的天是放风筝的天
不知道那高高挂在树梢上的
有没有我们小时候的那一架

你说你想在那高高的谷垛上面
再坐一坐，再看一看
那一只遥远的月牙船
听妈妈把那些小时候的故事
再向我们讲一遍
你说我们一同牵手回去
回去看看那座老磨坊
如果还能把昔日的伙伴找到一起
我们就再分吃一次
妈妈为我们炒的冬米糖

你说我们还要一同到后村
去看看一位默默地做了母亲的人
一件改了领口的贴身小袄
被你珍藏到如今
你想象着更有一条千里风雪路
被一双眼睛
望得悲凉和酸辛
你说我们要一同站在大洼地上
或者站在村口的大树下
听母亲的声音为我们招魂

1990年

醒　狮

凭幻想来理解你是艰难的事情

穿越过数千年金碧辉煌的沉沉大梦
国人已醒　睁开眼睛
你才发现这一部冗长的东亚传奇
页页写满火的灾难
页页写满血的哀痛
　　　灾难是世界之最
　　　哀痛也是世界之最

想轻飘飘地去认可大命运与大神秘
那是罪过
当一切的目光与镜头对准我们的时刻
你除了用你的庄严与自重回答这一切
你同时还必须用你的警醒的中国心
理解自己——

我们的意志是世界之最
我们伟大的国魂也是世界之最

1990年

灵与肉

无论是鸩酒还是蜜浆
我都得一干而尽
即使我素不善饮

无论是地狱还是天堂
我都得推门而入
即使我野性难泯

我可以将自己一分为二
一半是肉体
一半是灵魂

灵魂永远在遥远的天空飞翔
肉体交给你
使用和保存

1990年

谢　幕

——为汉剧艺术家小牡丹作

听过了多少如雷的掌声
见过了多少醉心的表情
多少人坐在台下看你
看你甩袖　看你摇旌
看你戴枷　看你插翎
看你把三千年的历史
善与恶　美与丑　奸与忠
一幕一幕　一遍一遍
演与痴心的看客
唱与耐心的听众

两行赤子泪
万缕慈母情
千年干戈化玉帛
一枕南柯黄粱梦
或优　或伎
或龙　或凤
或出将入相
或夫贵妻荣
天地一瞬间
潮落又潮涌
都说是人生到世戏一场

上台也匆匆
下台也匆匆
骨肉今宵安在哉
是非留待后人评

叹英雄落难泪湿鲛绡
斥小人得志义愤填膺
忠良唱了唱奸佞
国仇演罢演亲情
鬼也不是鬼
梦也不是梦
六合天地义当先
三江五湖情为重
悲欢离合几千年
聚也匆匆　散也匆匆
风华正气万古同
得唱且唱　演甚像甚
爱爱恨恨　死死生生
粉墨装饰着你的生涯
油彩下是涂改不了的
至真至纯的心灵

这是最后一次了
你站在这空空的戏台当中
你在向历史告别
你在向世人致敬
地转天旋五十年
白发不改女儿容

多谢了　尊贵的朋友知音和仇敌
多谢了　年年的风花雪月与彩灯
偌大的舞台就要让出来
谁愿意登台请先去化妆
台下有看客
台后多听众
冷暖炎凉　喜怒爱憎
且容我就此下台去细细品尝
品尝出属于自己的一场人生

多谢了　你们的好意你们的真情
多谢了　你们的鲜花你们的掌声
谢谢！……
　　　谢谢！……
　　　　　谢谢！……

1991年

雪莲之歌

——致诗人张烨

艾尔基山谷中高洁的女神
你是谁？谁是你永恒的爱人
皑皑雪光只配为你而闪耀
你有一颗晶亮的雪水般的心
所以你单纯

在最寒冷的世纪里诞生和成长
谁见过你根部雪崩似的创伤
为灾难的风暴抽打着每个人的心
谁听见过你最初的
善与美的歌唱

执着、自尊和美的化身
凛冽中的希望和梦，最冷峻的诗
当许多人把灵魂拍卖给了魔鬼
而你却在冰山上
呼唤爱情和友谊

采来高天的蔚蓝化为心中的情感
太阳的绯色光华裁为你的裙衫
你有紫罗兰的芳菲与忧郁
你更有玫瑰花的孤独和凄艳

可以痛洒千年的眼泪，但决不沉沦
可以狂欢，但狂欢的不是灵魂
心在雪峰之上，谁能采摘到
她看透了命运的风雪
也最懂得心的深沉

1992年

黄昏星

一

我思念你,饱经风霜的北国的女儿
我漫长的生命旅程上的善良的朋友
当许多人匆匆离我而去
你却如一剪不肯凋谢的寒梅
静默地摇曳在冰雪枝头

我猜想北大荒那弥天的风雪
怎样吞没过你的青春
和你最初的欢乐与忧愁
我猜想云贵高原急骤的暴雨
怎样抽打着你弱小的身影
和你无助的呼唤与祈求

没有幸福的黄丝帕
也没有鲜花和美酒
甚至没有一句亲人的问候
世界上最好的故乡也变得那么遥远
仿佛迷失在大风雪之中的一个港口
哦,那年月,那年月我在哪儿呢
那能够挺起胸膛为你挡住风雨的人

他在哪儿呢
——当你用善良的眼神呼唤友情
渴望我们保护真诚与纯洁的时候

在烈火中烧过三次
在沸泉中煮过三次
在血水里洗过三次
所以你的心才这样平静而成熟
也有眼泪，也有欢欣
也有梦想，也有希求
为什么，你的眼睛里
总是藏着深深的忧愁

二

昔日的、艰辛的岁月所留给我的
唯一忠诚的朋友啊
在这个风雪黄昏
感谢你来轻轻推开我紧掩的房门
是我不好，我不大想起北方的乡音
和自己的老家了，甚至我的母亲
多舛的时光使许多人永远离开了我
——也许是我离开了他们
从此我只能在歌诗里想起他们的姓名
想起他们曾经是我艰辛的人生和命运
最可珍惜的一部分……

今天你平静地坐在我的对面

你善良的目光清净如水
你轻轻的叹息充满温存
多么难得的相聚啊
静静的回忆与遥想
使我们都忘记了尘世的喧嚣
忘记了世纪末的风声掠过屋顶
掠过苍茫的山冈的声音

当黄叶覆盖了远山的小径
鸟儿们也飞进了寂静的槲树林
你轻轻地问我：什么时候能回去
你是问回家、回故乡吗
我仿佛也听到了我的母亲在为我招魂……

三

忘不了小时候赤脚涉过的春溪
秋天的路边有沙沙作响的玉米林
小河上游的水磨坊啊
也许还记得那两个青梅竹马的少年人
坐在山冈上遥看天际闪烁的白光
梦想寄托在就要升起的满天星辰
月光下牵手跳过一团团美丽的积水
村外的小路上留下了深深浅浅的脚印

啊，是多少次也是这样宁静的黄昏
我一声声谛听着那遥远的雪声
渐渐清晰又逼近……

眼里流着怀乡的泪水
诗中跳动着故园的心
列车载我驶向一个又一个陌生的驿站
却总不知何处是我最后的终点
我永远是一个过客,不是归人

四

那么,当许多人已经把我遗忘
你还会记得我吗
当我已经永远沉默,不再说话
你还会记得我吗

多少的誓言零落成泥
多少的荣誉烟飘云散
多少的岁月一去不再
多少的容颜匆匆更改

像最老而最忠厚的朋友一样
坐在半个世纪之后的我的荒凉的墓前
低低地呼唤我的名字
和我们的故乡的名字
并且用你苍老的母亲般的眼泪祭奠我
你能够吗?

1992年

岁末雪夜之歌

你曾说我小时候就爱做梦
到如今所有的梦都失去归程
隔断它的是异乡的山水
还有人到中年的这份心情

曾经是多么熟悉的故乡
什么时候竟变得如此陌生
世界上最疼爱我的那一个人
二十年的墓木早已成拱

那青梅竹马的少年伙伴呵
是共同的命运逼使我们各奔前程
尽管我们曾发誓不做沧桑的过客
却又决不是要如此地完成人生

劳燕分飞,云路迢迢,春夏秋冬
人世间多少炎凉我都珍藏在心中
大道默默,小道切切,家山远矣
崎岖的世路上你们都要善自珍重

我怀念你!伫立在村边的老磨坊
那依稀闪亮的可是昨夜的瓜灯

我怀念你！大雪茫茫的北方的群山
到哪里去寻找我少年时代的壮志豪情

曾经在一个风雨交加的晚秋
我含泪拥抱过那遮蔽了我的茅草棚
为什么二十年后我会变得如此漠然
当我置身在世上最豪华的客厅

也曾在漫长的冬夜里突然醒来
想起遥远的故乡和故人的身影
我的脸上流淌着无声的热泪
窗外吹过的却是冰冷的晚风

我承认，为了生活我常常微笑
到夜晚才敢悄悄舔去心中的伤痛
当我沉默时，人们还以为我无动于衷
其实有谁知道，波涛正在我心中汹涌

故乡啊我爱你，爱你爱得真切
但我用的是一种奇异的爱情
你抛弃过我，曾经拒我于千里之外
可你的怀抱里安睡着我母亲的魂灵

你是我今生难舍的一把黄土
你是照着我回家的一盏风灯
风雪之夜人未归，当雪打门扉
我总疑心这是白发亲娘的招魂之声

还有你，我永远的爱人，我的命运之星
用什么语言才能表达我的衷情
我惭我愧，不可能给予你什么幸福
爱你越深，越觉得一种深深的苦痛

能为你歌唱是我一生的幸运
但我的歌唱起来却那么深重
愿天下有情人皆成眷属，谁料想
这原是人世间有情人的一个美梦

别人对我的赞美，我把它们弃如炉灰
而你即使对我诋毁，我也愿视若神明
为你哭为你笑，我无怨无悔于此生
只是那无数只归舟，都失却了帆篷

我拿什么报答你啊，我的亲人
生命是如此短暂，聚散何其匆匆
别时容易见时难，咫尺亦如天涯
纵然我爱你也如那白石的坚贞

曾幻想我们行将老去的那一天
我已白发苍苍，而你正青丝葱茏
那时候我们果真能够重逢吗
只怕是眼前已掠过那永夜的阴影

我不敢想象，当我弥留之际
我是否能听见你们嘤嘤的哭声
你们和解吧，这是我最后的愿望

只有死神，才使我们看到共同的宿命

告别吧亲人们，请你们送我最后一程
送我回家，去陪伴我的母亲孤独的魂灵
请你们葬我，在故乡的大地之上
然后忘掉我，勇敢地去走完你们的路程

我的女儿，你尚不懂得人生的艰难
为了你，我宁愿献出自己的生命
原谅我吧！少小离家成远客
让你也做了这无根的浮萍

有一天我也不能不向你告别
但留下我的书，就像留下我的身影
我去了，去了，再也不会回来
唯愿你好好成长，不要辜负开花的年龄

啊，光阴啊，你百代匆匆之过客
啊，天地啊，你万物漫漫之旅程
一颗乡心，两倍的愁绪
剪不断，理还乱，泪湿几重

身为人子，又为人父，难舍此生
逝水年华，恍若一梦，何去何从
二十四番花信风，轮番吹过
春光已老，不老的唯有我今夜的诗情

啊，我的诗神，我至高无上的圣洁的神灵

跟着你，我历尽悲欢，华发早生
烈火中烧过，沸泉里煮过，泪水里浸过
我幻想我的生命能够获得最后的纯净

你是我的废墟，又是我的金窑
我舍弃一切走向你，而你却报我两手空空
你使我狂热，又使我冷静
你是我的高标，又是我的幻梦

跟着你，我曾手中看剑，把栏杆拍遍
千转百结的忧思，令我啸傲三更
跟着你，我泪犹未干，而热血升腾
学屈子一夜间就飞越了长江和洞庭

你是我的地狱，又是我的天堂
你使我陷入绝望，又使我的灵魂再生
你是我的忧愁，你是我的叹息
你是我呕心沥血至死不悔的一腔痴情
啊，今夜的江南，正在落雪
白茫茫的大地呵，怎么这么安静
安静得让我数着自己的心跳
又仿佛进入了一个迷茫的梦境

我爱生活，可是谁能懂得在心灵深处
我是怎样热爱啊！三分如梦，七分如醒
我至死不忘你们的深恩，你们的厚谊
请你们也能铭记我的祝福，我的真情

故乡哪！我多想一夜飞渡迢遥的云路
一头扑进你的温暖的怀抱中
向你哭，向你笑，向你倾诉
向你的心中也印下我无怨的笑容

雪落江南悄无声，而更温柔的
是我今夜无边的思绪和诗情
低下头深深地埋在双掌里，不是悲哀
是温情的泪水湿润了我的眼睛

一曲歌罢头飞雪，琴弦断矣
且让我暂且沉湎于这份寂静
是谁说，老去的只是时间，不是心灵
我的心呵，你是否能够出来作证

1993年岁末，江南大雪之夜

夜读李清照

漫说做词人比做女人更苦更累
谁能解你薄雾浓云里紧锁的双眉
金石梦毁,山河破碎
生离死别,物是人非
到黄昏,点点滴滴
都涌进你郁郁难掩的心扉

尚记得落日熔金,春意几许
谢他酒朋诗侣,雁去雁回
尚记得海棠开处,红瘦绿肥
还有秋千笑语,竹马青梅
到如今故国蒙难,百姓蒙羞
弱女子岂能祈求更好的命运
身如斜阳,人比黄花憔悴
酒入愁肠,都化作夜半的眼泪

1994年6月3日

朝发江南岸

朝发江南岸
暮至燕支山
又见秦时明月
又见汉唐雄关
笛声声亦如旧
吹不尽三千年的杨柳怨

过了雁门关
打马到居延
过了渭城
过了双堠
过了，过了，遥远的
遥远又苍凉的敕勒川

不见王之涣
不见范仲淹
不见昭君
不见蔡琰
也不见泪洒青冢的
历史学家翦伯赞
十八拍胡笳音色尚在
九拍是离愁

九拍是乡恋

谁在问我
何时马革裹尸还
英雄无觅
铁马秋风大散关
弓刀雪未满
壮士铁衣寒
李广仗剑出龙城
苏武持节北海边
只见君去
不见君还
长使多少天涯客
热泪湿透青罗衫

1994年11月3日

裸体的生命

裸体的生命在太阳升起之前
穿上了它的理性的衣裳
它将越过荒凉的沙滩和地平线
越过苜蓿之地
走向未知的远方
它将沿着古老的山泉流向
如鱼似鸟找到自由
那理想的水与土地的广场
裸体的生命
以江河为镜
以湖泊为镜
照自己的模样
裸体的生命
以风以光以艰难的岁月四季
画自己的肖像

1995年

桥梁之歌

——长江二桥通车礼赞

为什么我不该挥舞手巾呢?
乘客多少都跟我有亲。
去吧,但愿你一路平安,
桥都坚固,隧道都光明。
　　　　　——摘自土耳其诗人塔朗吉《火车》

老一辈的造桥人已经远去
新一代的架桥者又阔步走来
架桥者家族总是前仆后继的
无论在什么地方和什么年代

诗人啊,岂能缺席于歌颂桥梁的大合唱
老诗人歌未歇,新诗人又唱起来
音域还是那么宽广,音色仍然那么嘹亮
主旋律永远应和着钢铁和江河的节拍

哪里有江河,哪里就有架桥人的家
哪里有桥梁,哪里就有诗人在抒怀
这是一个特别需要桥梁的世界
又是一个特别需要诗情的年代
原谅我没有与钢铁和江河唱和的本领
但伟大的激情也同样沸腾在我的心海

我愿意向伟大的劳动者献上我全部的赞美
假如我无力的赞美也能带给你们一丝欢快

江河不废万古流,请让大桥作证
多少荣华富贵都将被岁月的流沙掩埋
而唯有劳动与创造是不朽的
世界的容颜在建设者的手上悄悄更改

1995年6月18日

致悲怆的蟋蟀

风起于青萍之末,天阶尚未凉
你就这么早早地躲入了我的旧床
找你找不见,唤你你也不作声响
你在书房里和我捉起了迷藏

外面的世界多精彩,你却冷眼相向
宁愿遁入那些老书里低声歌唱
一会儿跳入诗经,一会儿躲进宋词
你婉约的歌声搅起我怀乡的愁肠

没有诗歌的年代,诗人都在经商
田园将芜胡不归?琴弦断于何方
不唯你在忧愁,我也深深地悲伤
鸡鸣风雨之时,有谁来赋新九章

三千年的逆旅,九万里的城墙
醉里挑灯看剑,剑在匣里闪光
无人再拍栏杆,栏杆已经冰凉
《后庭花》飞出一间间娱乐包房

唉!你爱你的余光中,我且留恋何其芳
从三十年代到九十年代,岁月何其苍茫

诗经已经古老，唐诗宋词也都发黄
子夜里我听见你在独自奏鸣一曲悲怆

1995年10月

美的突破

——献给女子健美比赛

美的赤裸。美的造型。美的聚合……
美的较量。美的挑战。美的诱惑……

美使有些人感到惊愕,
美使有些人感到羞涩,
美使有些人变得年轻,
美使有些人变得猥琐。

三个最圣洁的点,
为美寻找最纯净的视线;
一片鲜亮的肤色,
为美选择最健康的处所。

为美回眸,如黑夜之星。
为美起舞,如飞越严冬的黑天鹅。
最自由的旋律,
充满力量的光与色,
腾跃!摇滚!美在受难,
摇滚!腾跃!美在突破!
大厅里突然间刮起最热烈的掌声,
美诚挚地低下头表示着感谢……
掌声!……掌声!……

谢谢！……谢谢！……
掌声！……谢谢！……
谢谢！……

1996年

自 白

三十多年的人世间
一滴平凡的露水
千里之外的异乡里
一株想家的秋葵
女儿安恬的梦海边
一支不熄的桅灯
母亲无言的坟头上
一颗滚烫的热泪

1996年

春到江南

人海沉浮,不知季节已经变换
当我穿过灰色的城市才突然发现
春天早已逡巡在郊外的大路上
金色油菜花已从脚下开到天边

且从浮生逃出,偷得半日悠闲
暂时忘记一切,心中无挂无牵
衔一支三叶草,头枕着江南岸
让仁慈温厚的地母拥我入眠

问我梦里何所有?是否只剩下
云影者一,风声者二,鸟鸣者三
不,不,此身虽为匆匆一过客
却终难割舍眷恋人间的那寸情缘

爱这岁月多情,送我三五诤友与红颜
恨这世界辽阔,又把他们带往天边
浮生若梦吗?我却固执地期望
生活的激情还会在我的心灵重现

1996早春,东湖边

致诗友

我们都在这个世界上不停地寻找
像盲孩子在人间寻找他失去的光明
命运有时候使我们擦肩而过
最终它又会让我们在驿路上相逢

面对你献给世人的鲜艳的玫瑰
我猜想过你青春时代那盛开的心情
而我是沉默的,仿佛冬日的河流
琴弦已断,早已失去了应和的歌声

我曾经长久地在人世间漫游
我的年龄就是我漂泊的路程
鸡鸣风雨,我告别了一座又一座村庄
霜深露重,不知道哪里是我栖息的林丛

谁也不必探问,那隐隐作疼的心事
目光和目光相遇之后,便互道珍重
招一招手,你我都是时光的过客
大地无疆,让我在远处为你亮一盏灯

1996年,一个冬夜

1996岁暮纪事

——致诗人熊召政

来吧,你说,天气寒冷
让我们来谈谈艺术
于是,我揣起亚姆的一卷诗歌
踏着想象中的薄雪
去叩暮色中你的梨园书屋

茶已煎好,酒正当炉
你说,这是晚唐的诗人们
尚未喝完的那一壶
旧友尽在天涯,音讯杳杳
唯岁月正在无声远去

举杯先为远行的恩师祈祝
千万言锦绣文章,二十卷书
且留待百年后的过客细细披读
然后是三杯苏东坡,两巡李太白
酣畅间你又展开一卷洛夫

心事不走,豪情挥之不去
念生命中有几番鸡鸣风雨
犹记起慷慨悲歌于燕市

夜半惊醒，挑灯看剑
两行赤子热泪，欲零还住……

1996年岁末

冬夜怀恩师

时间已经把你带走了整整两年
你是独自住在那个寒冷的宫殿
还是找到了那些老友和你作伴
你冷眼看着我们,先期到达了彼岸
来吧,我好像听见你在召唤
这里才是我的憩园
而那里的一切
已不值得我再留恋

1997年12月12日,寂夜

海子在昌平

除了在清晨
去郊外看看那些鸟
除了在深夜
想一想故乡
听一听沉闷和疲惫的
火车鸣叫
海子在昌平
是孤独的

幸亏还有诗人苇岸
夜晚里来谈谈散文和诗歌
但他那素食主义的道德
和他有气无力的语调
实在让人受不了
海子在昌平
是孤独的

所有的朋友都在天边
不是在额济纳
就是在德令哈和拉萨
她们从来也没有想到
有一颗单纯的心

天天在为她们燃烧
海子在昌平
是孤独的

你以为以梦为马
是浪漫的吗
不,当深夜里
突然从梦中惊醒
想起年老的母亲
他听不见得得的奔马蹄音
能听见的只有自己的心跳
海子在昌平
是孤独的

一九九九年冬日的某一天
我来到昌平
在法大校园里住到后半夜
我也深深地感到了孤独
这是因为在昌平
已经没有了海子
就连那个善良的素食主义诗人
也像一根脆弱的苇草
回到了大地母亲的怀抱

昌平的月亮是美的
从山海关吹来的风
却那么凉
甚至也看不见

一只飞鸟
甚至也听不见
一声沉闷的
火车鸣叫

1999年冬天

浙江路桥上的夜色

你看吧,这高贵而傲慢的城市
已经换上了她美艳的夜礼服
舞曲响起,红葡萄酒一样醉人
眩目的灯光开始旋转。又一个
狂欢之夜,拉开了序幕
可是,你听,是谁在夜色里
轻轻吟诵,像秋叶的叹息
像黄浦江上,涌来的雾
不,那不是叹息。也不是雾
那是流淌在我记忆深处的苏州河
在古老的铁桥下召唤我,驻足
倾听她的逝波,她爱情的絮语
这连接着两个世纪的
一座老桥。像阿波利奈尔
歌唱过的黑夜里的米拉波桥
而我是一只失巢的鸟,在桥上迷途
黄昏时分,我孤独地穿过
飘散着GUCCI香水味的南京路
这座富有的、性感的城市
并不属于我。我怎么也不能
习惯那些暧昧的与变幻的狐步
我的脚步,只能是迷茫的

流浪人的脚步。像一个
在深夜里寻找着旅馆的水手
远远地,我向那座青色的高楼望去
楼上有灯光,灯下有人影
我在寻找我所熟悉的那个窗户
午夜里最后一声钟鸣已经沉寂
我感到有什么在锯着我的灵魂
时光消逝了我没有移动。我知道
我爱过的那位少女已经远去
她在哪里?我用什么来追忆
当星光消隐,雾迷津渡
往日的爱情也如铁桥下的柔波
奔流而去,永不复回
啊,永不复回的,我的
甜蜜的爱情,那温馨的怀抱
还有我的青春,欢乐,与幸福

2000年深秋,上海

致读者

我阅读,就是在阅读世界
我阅读,就像水手去航海
你的忧伤,就是我的风暴
你的欢乐,就是我的云彩
能做一名读者是幸福的
我阅读,故我美丽
我思想,故我存在

2001年

亲爱的故乡

其实我早已把自己的故乡丢失
而我还在那么深情地写着
献给故乡母亲的诗
我用一种虚幻的感觉
安慰着自己,就像此刻
在江南深深的冬天里
我正踏着一场想象中的薄雪
去拜访一位来自故乡的
多年未见的少年时的朋友

2002年

活着，就意味着一切

凭着这唯一的横木
你要奋力活到明天
我的爱在伴随着你
渡过这沉重无边的黑暗

即使冰冷的死神已经走近
即使时光的冰海再宽
彼岸是那么遥远
即使是在生命的零度以下
你也在听见，我的心
我的心在向你召唤

你在哪里？快跟着我来
游过这漫漫的孤独和黑暗
回到我的身边
回到我们生命的彼岸
太阳没有了，我就是你的太阳
春天没有了，我就是你的春天

不，不要放弃最后的希望
不要离开我，无论此刻你是多么艰难
请记住在这冰冷的废墟下面

有我们快乐的记忆
有我们温暖的初恋
即使命运让我先期向你告别
而你，也一定要为我活到老年

活着，就意味着一切
这一刻，让我们共同分担
无论是生死，还是悲欢
你的回忆，将为我们一生作证
我们曾经幸福过
因为有彼此的真情相伴

2008年5月

第三辑 恋歌

二裂叶银杏（组诗）

你有没有感觉到在我的诗中，
我是一个，却又有你的踪影？
　　　　——歌德《二裂叶银杏》

我用生命中最温柔的那一部分……

我用生命中最温柔的那一部分
歌唱离我而去的亲人
我用生命中最沉重的那一部分
歌唱我寂寞的往昔
我用生命中最热烈的那一部分
歌唱我年轻时的友谊
而歌唱你
　　　我用我生命的全部

歌唱你习惯于低垂的眼睛和眉睫
它们没有天鹅星那么美丽
却幽静得像冬日的池沼
温柔如春天的林子
歌唱你年轻而矜持的嘴唇
它没有玫瑰的娇媚
却像百合一样纯洁和艳丽

歌唱你披肩的秀发
它们没有丁香和茉莉的芬芳
却像黄昏的河流一样发出光辉
如一首歌充满和谐的旋律
歌唱你白皙的手臂
它们没有白桦林柯的强健
却像常春藤一样
　　充满柔情和生机

安达露西亚那最小的手儿
也没有把水的门儿打开
而你却用柔和的手指
轻轻推开了我心灵的窗户
当我渴望温暖的时候
你为我采集来金子般的阳光
在喧嚣和尘土的日子
你又在我每一片暗淡的叶子上
悄悄洒下
　　晶莹的雨露

岁月是一匹不老的马儿
它拉着我们命运的三套车
匆匆地向着未来飞驰
我渐渐感到我已经非常衰老了
为什么你还这么年青
我的灵魂和诗篇

因为对你的眷恋而热情常驻
我用我坦荡的心灵为你歌唱
　　我知道这是我的幸福

我曾经深深地爱过你……

我曾经深深地爱过你
为什么要隐瞒？你的容颜
那时候常常在我的眼前浮现
一片静默的温情如青青的草叶
在我的日子里春天般蔓延

我也曾尝试着去描绘我的将来
并且期待着命运来做美丽的安排
但那是什么东西在困诱着我啊
使我不能把双脚自由地迈开

如今却是另一种归宿在等待我
我知道我唯一值得骄傲的花朵
最终只能在另一片土地上开放
或者凋谢。它安慰着我又令我寂寞
宛若童年的许多梦，灿烂而又苦涩

能为你歌唱是我的幸福……

能为你歌唱是我的幸福
但我的每一缕歌声都必须纯真
你为我打开这久掩的门扉

在强烈的阳光下我感到沉醉
这是令人难以忍受的欢欣

也不是单一的欢乐与幸运
你默默地到来，是不是那
裸足而来的召唤我的中午的女神
你的目光柔和如水
你怎么老让我想起自己的母亲

我甚至总觉得你不会只属于我一个
我也不敢独自上前回答你的期待
你的世界年轻而又灿烂
而我却因长长的卑微而习惯了忍耐

我达达的马蹄……

我达达的马蹄
穿越了你唯一为之自豪的那片年龄
当我回过头来
我才暗暗感到吃惊

有若山中的风信子被牧人践踏
柔和的草地已失去往昔的宁静
风信子倒在地上还开着紫花
有若你含着委屈与矜持的眼睛

命运不会告诉我
短暂的欢乐可以换取痛苦的一生

当我最后悔悟
一切却都来不及了
你的心紧紧关闭着
如不容再次侵犯的城

你,我心中的艾丽丝
永远美丽的艾丽丝

当你老了……

当你老了,也像我一样白发苍苍
你是不是还会记起我
在某个冬日的黄昏
像记起我们曾经倾心爱过的
短暂的时光
记起往昔多少个昼夜
我们为命运而忧愁
爱爱恨恨似花开花落
一条青春的道路
被两双脚踩出了
　　　奇异的声响……

沉重的往事
能使最坚强的人呜咽
也会使平静的草地倏然返青
如面临春光
四十年后的某个风雪黄昏
与今晚也许只隔一层透明的玻璃

当你老了
你是不是还会独坐窗前
喃喃地呼唤我的名字
宛如永远的黄昏星
还在我的生命的苍穹
无声地闪亮
使我的白发也倏然返青
　　像从前一样……

南方的少女呵我为你忧愁……

南方的少女呵我为你忧愁
这忧愁沉重地藏在我的心间
而我的感激也那么无力
仿佛苹果结在迟到的秋天

能为你歌唱是我的幸福
而我的诗歌写起来却是那么艰难
我知道你的到来是美好的
你默默地展现给我的是另一片春天
最朴素的也是最珍贵的礼物你送给了我
我知道它是你此生最后的意愿

1985—1987年

辛叶村恋歌

我在黄昏时分
赶到那条小河旁
我的那匹老马在饮水
我在等待相好的姑娘

月亮升到了山巅上
好像露天晚会的灯光
我的美人儿还不来
她一定正在家里细细梳妆

我为她搭起了高粱秸的新房
又为她铺好了干草的床
我静静地坐在月光下
像一位等待吉日的新郎

世上的好姑娘有千千万
只有一个人住在我心上
只有一个人的眼睛里
才是我存放灵魂的地方

夜雾已经起了又起
我的人儿就要来了么

她的长发比夜色还要黑
她的眸子比露水还要明亮

1986年

北方新娘

我的健壮的新娘
坐在故乡丰盈的打麦场上

我的善良的新娘
坐在冬夜临产的母牛身旁

我的美丽的新娘
坐在我赶往集市的马车上

我的能干的新娘
坐在黄昏时杵声四起的小河旁

我的温柔的新娘
坐在窗花映照的新炕上

1986年

新娘之歌

我设想你是世界上最美丽的新娘
你也将成为世界上最贤慧的母亲
我还设想你是一缕初春的风
用最大的温情抚摸着我
安慰着我：好好往前走吧，不要沉沦
我还设想你是一片默不作声的夏天的云
罩在我的头顶
成为庇护我的清荫
我甚至还设想我是没有力量来承受你
如此巨大而真诚的好意的
当我看着，怀着深深的感激看着你
看着你带给我的这个温暖的家的时候
我竟不知道
我还将怎样感谢那奇异的命运

在揭开你的红面纱的那一瞬间
我由你微嗔的眼睛看到了你的整个的心和灵魂
你不是，不是我的新娘
你是永远招引着我鼓励着我走向新生的神

1986年

打破的水罐

对于你
打破的水罐也依然美丽
远处是圣洁之水
而你的心里却盛满了
比水更为珍贵的爱情
这是唯一没有失真的爱情

我的灵魂
曾经抛弃过许多虚浮的颂扬
它却为你今天的平静
感到深深的忧伤
让他们去说吧
只有我坚信
你是最无辜的少女
世界能够因为你而变得辉煌

将最后的玫瑰
放在朴素的裙子里
这是用心灵的泪水
浇灌的花朵
愿你背负着打破的水罐继续前行
蔑视背后那些猥琐的目光

总有一天
你将用那谁也不能侵犯的
纯洁的灵魂
去把另一些人的灵魂
——照亮

1987年

生命的恋歌

想听一次火车叫,让我听一次火车叫吧,
因为我是这样地想听一声火车叫呀!
——摘自袁水拍《火车》

在我青春年少的时候,
我幻想着能够走遍大地。
"没有我不肯坐的火车,
也不管它往哪儿行驶。"
那时候我的周身一贫如洗,
口里却念着这样浪漫的诗句。

而今我就要老去了吗?
就像一个疲惫而又怀旧的浪子,
老得只剩下了最后一丝
沿着村路归去的力气。
我期望着再坐最后一次火车,
让火车把我载回蓝村以西。

那儿,是我睽违已久的故乡,
那儿,是安眠着我的母亲的土地。
而你却说:"不,不,天色尚早,
生命的火堆还未曾全熄。

你忘记了吗?火车它是怎么叫的?
比铁轨更长的,还有记忆……"

1993年9月12日

不朽的老桥

佛罗伦萨有座"老桥",
是诗人但丁和他终生的恋人贝特丽丝
相会的地方……

说什么山高水阔
云路迢迢
说什么韶光将尽
逝川滔滔
且记住我们各自的心中
都有一座
不朽的"老桥"
无论是江南月明
北国雪飘
无论是心托鸿雁
梦系青鸟
且相信老桥之上的那颗蓝星
它在最冷的夜晚
为我们闪耀……

1993年秋日

中秋寄远

人生苦其短
聚散何匆匆
留下多少难续的梦
平添多少未了的情

今宵人在何处
空望尽关山千重
遥想海上那少女
此时也在楼头凝眸吗
惜早雁一去无消息
唯今夜天涯同此月明

说什么海誓
说什么山盟
弦歌散尽人独立
阴晴圆缺谁与共
且让我们整个一生
来为心灵作证

平安的日子里
杨柳清风
我会为一声关切的叹息

而泪意盈盈
不幸的时刻
风雪途中
我还将默默地期待着
那一双温柔而明亮的
注视着我的眼睛

1993年中秋

等 待

一

没有谁能涉过同一条河流
世上也不会有同一片绿荫
而我为什么还固执地相信
那在最后的夜晚等着我的
只有你啊，我最亲爱的人

石凳已经是昨天的石凳
悬铃木已经是落英缤纷
而我为什么还分明感到
你的呼吸，和你的体温
仿佛还听见你心跳的声音

或许就在那遥远的北方
在那个风雪迷茫的山村
在村外的路边，在雪地上
在冰封的河对岸，黄昏时分
那裹在围巾里的脸，冻得通红
通红的还有你紧抿的双唇
那不会是别人，而只有你
只有你，在最后的风雪中

等待着我啊,等待着
我这个浪迹天涯的旅人

二

也许是你这一次走得太远太远
我的梦再也不能到达你的身边
也许只因为相隔的路程太长太长
我的梦飞越不过那辽阔的海洋
我的梦呵总是徜徉在昨天的
外滩、豫园和初春的延安西路上
还有西陵峡口的山谷间
那一堆未曾熄灭的篝火旁

我看见的是篝火边的你和我
在一起唱着最后的祝福的歌
哪想到突然间竟也劳燕分飞
梦醒时才知道你已成为他乡远客
啊,且让我珍藏着一个往昔的旧梦
等待着,等待着来日的一场重逢

1994年

秋天十四行

光阴匆匆，撇下了多少天涯过客
春帷初揭，转眼间又到中秋时节
秋风起处，我在莲花尽头望故乡
故乡的风，可也起于青萍之末
满月尚未满，空留下多少阴晴圆缺
楼头谁在望月，望不尽人间悲欢离合
遥想海上长发飘飞的少女呵
岁月如许，你心上的秋意又添了几多

我怀念外白渡桥下那无声的流水
凭谁问：逝者如斯不舍昼夜
我十六年前的记忆就在那里失落
我怀念延安西路上那琥珀色的落叶
秋意渐浓的黄昏时刻，和你们一道
那长发少女正含笑走进我梦的旷野

1994年9月

呼　唤

恰三更，霜月共潮生。
　　——左辅

恰三更，霜月共潮生
而我却在轻轻呼唤
呼唤那颗能够照耀我的命运的星

它在哪里
在哪里闪亮？在哪里运行
它是高挂在遥远的天边
还是隐没在密密的云层

是一双怎样柔弱的手呵
在擎着它，在点亮它
轻轻把它移动
从遥迢的风月里照过来
从深深的黑夜里照过来
照着我未知的前程……

恰三更，霜月共潮生
而我在苦苦寻找
寻找那颗能够伴我走遍大地的星

它在哪里
在哪里闪亮?在哪里运行
只有它才是
引我上升的光束
能够拯救我脱离平庸
只有它,才是照我回家的风灯
只有它,能够唤回我迷途的魂灵

1994年

怀 人

站在LOS ANGELES最高的高楼上
或许能看见故国今夜的月亮

踩着UCLA校园那琥珀色的落叶
或许能找到走在延安西路上的感觉

沿着美利坚长长的西海岸独自漫步
或许还能听见苏州河在黄昏里絮语

呵，记否记否，去年前年，此时此刻
那邻家的少女，凝眸含笑，正倚窗望月

而今夜，当二十四番花信风轮番吹过
远行的人，梦里可有家乡的水光山色

1995年

思 念

深夜里突然从梦中惊醒
为思念一个人而热泪盈眶

就像在异乡客店里想起妈妈
多少温暖的话语犹在耳旁

又如在雨天想起童年的村庄
想起邻家那欲言又止的小姑娘

想起她黑亮的发辫、羞涩的目光
还有月光下牵手走过的静静小巷

而此刻，一切都变得那么遥远
当我独自在这个世界上闯荡

挥挥手，送走了多少老朋友
风雨里，多少人已和我远隔重洋

1995年

天外的燕子

"独在异乡为异客……"
当秋到江南
大雁排着"人"字飞过
我突然想起
　　　这句怀乡的诗歌

我思念你！天边的燕子
远隔重洋，我好像听见
你在轻轻对我说
多想再看一眼
故乡朗朗的天空
还有郊外那一片
开满油菜花
　　　和紫云英的田野

不知道LOS ANGELES郊外
可有一片金色玉米林
在傍晚的风中轻轻摇曳
而通往LAS VEGAS的高速公路上

是否也能听见

　　知更鸟和大雁的歌……

1995年

帕莎蒂娜之夜

这怀乡的夜晚是我们的夜晚

今夜
在太平洋的那一边
在长长的西海岸
在座无虚席的帕莎蒂娜
我仿佛看见
你正痛苦地用双手捧着脸
晶莹的泪水
溢出你颤抖的手指间……

这深切的思念是我们的思念

今夜
故乡正在落雪
雪落在北方的森林里
雪落在村外的道路上和草垛间
雪无声地落在黄河两岸
雪静静地覆盖了江南
让我
坐在江南的雪夜里
默默地谛听着

这世纪末的心音
这飞快的时间……

这无尽的眷恋是我们的眷恋

今夜
多少儿女整夜未眠
温暖的灯笼下
多少家门
都为远行的亲人虚掩
风雪之夜人未归
又有多少母亲
灯下忽见白发三千……

这未了的祈愿是我们的祈愿

今夜
在帕莎蒂娜歌剧院
歌声未歇掌声不断
我看见
一颗颗的思乡泪
在每一个中国儿女脸上闪现
即使隔着重洋
即使隔着远山
隔着那忘也忘不了的
"北京时间"……

这最后的时间是我们的时间

1995年

说吧,地坛

四月是初恋的季节。在一个午后
你牵引着我,走进那古老的地坛
这里真安静。仿佛时光老人的驿站
小小的蒲公英,已戴上生命的金冠
午后的蜜蜂,在樱树上轻轻歌唱
它们是否在庆祝,一个什么盛典

说吧,地坛。当我们相聚的时候
还有什么东西,比时光更为珍贵
四月是相爱的季节。就在你的身边
我的心因为无边的幻想而微微迷醉
为了这一天,我们苦苦等待多少年
有何贫穷可言?当心中开满了红玫瑰

最好的礼物在各自的心中。紧紧地
拥抱吧!我尝到了生命最初的蜜
它来自你芬芳的花蕾,来自你
湿润的唇边,仿佛四月甘美的露滴
在远离人群的地方,在古老的地坛
温暖的怀抱里。时间也为我们悄然静止

说吧,地坛。你是我们沉默的见证

我们将从这里出发，走过短暂的一生
有一天，所有的人都要分手，我们
也同样逃脱不了，这个伟大的宿命
而你却是永存的，比记忆还要永恒
说吧，地坛，我们都是你瞬间的风景

许多年之后，我们或许能结伴重游故地
在你斑驳的老墙上，寻找往昔的字迹
那时候，一切还能够追忆吗？在地坛
在另一个四月。当午后的阳光透过树阴
金色的蒲公英仿佛正向我们点头致意
而离别的钟声，又在心头悄悄响起

1996年

浅水湾梦歌

让我们来想象一处地方
在那里我们把一切都遗忘
　　　　——缪塞《五月之夜》

当我们共同的世纪，也像浅水湾的落日
　　正在闪现着它最后的辉煌
而瞬息之间，一切都将消逝
　　在谁也不能挽留它的地方
当岁月的风正在吹灭每个人怀旧的烛光
　　新世纪的桅灯已在远处闪亮
而多少残梦，也将飞散和失落
　　在蓝色的和玫瑰色的海平线上……

这时候，让我们来想象一处地方
　　在那里我们把一切都遗忘
在那里，过去年代的星座还未黯淡
　　浪漫主义诗人还在为梦幻而歌唱
家园就在身边。最古老的歌谣
　　就像时间深处的孤灯，照耀着梦乡
而爱情，仿佛五月之夜青春的桑田
　　一切能够生长的都在生长……

在那里，每个人的思想都是他自己的太阳
　　而献给世界的是至爱的光芒
大地被绿草拥抱。森林是众鸟的天堂
　　河流在遥远的入海处为雪山歌唱
最轻微的低语，也会有人在倾听
　　心灵与心灵之间，目光就是桥梁
美丽的果实永远掩藏在花朵的深处
　　露珠在它小小的球体里赞美着海洋……

啊，在光荣与至善中，让我们在那里
互相思念，互相瞩望
没有拥抱。只有激情在燃烧
　　一万年太短，一朝一夕又显得漫长
如同地球与火星永不相遇于太空
　　而灵魂却在一夜间穿越过云山茫茫
除非死亡向我们显示了它无敌的力量
　　再没有什么，最终能够把我们阻挡……

在那里，让我们哭，让我们笑
　　最美的花朵在最爱的人心上开放
幸福并不神秘。贫穷也能听见美丽的风声
　　不幸只能导引我走向真理的殿堂
在那里，我找到了你，我感受着你
　　你是我的金窖，你是我的炉膛
而所有不可思议的，都将在此完成
　　你伟大的安慰就是我飞升的翅膀……

然而命运却对这一切冷冷地说：不

你所有的梦幻都只能是一种虚妄
"To be or not？"——"在，还是非在？"
　　你所选择的，只能是其中一样
时间就要带走这一切，不留下任何踪迹
　　达摩芬克斯之剑已悬在我们头上
就像这落日时分的浅水湾，那丽人已去
　　而只剩下我的梦歌，在这里徜徉……

1996年

西安之一

从江南一翅到西安
仿佛近在咫尺
又如远在天涯

你说,你将时刻为我祈祷
为我这惯于在寂寞的旅途上跋涉的人
祈求命运的天空里少一些风沙

而我是沉默的
就像沉默已久的冰河
无力对美好的春天做出回答

爱情在消失,水在流动
它使我感到惊心
为那逝去的年华

有一天,我还能够去等待你吗
等你,在某一个黄昏
等你,在古老的大雁塔下

等到你的窗外红梅吐艳
等到大雁从天外归来

等到我满头的青丝变成白发

那时候,让我们
漫步在故国金色的云头
望大江东去,看满天落霞

而从你依然柔和的目光里
我将看到那未曾凋落的美
那未曾熄灭的青春的火花

1996年7月10日

西安之二

这么多年了,我仿佛已经习惯
那些宁静而寂寞的夜晚
就像沉默的鱼,习惯了
水的冷暖,像冬眠的蛹
习惯了,自己做成的茧

现在,我听见一阵敲门声
仿佛从久远的年代里传来
我是那么惊喜,又是那么
感到不安,就像盲目的人
在强烈的阳光下一阵晕眩

我知道,我生命沉重的驿车
仍然滞留在旧时的宿站
但是有谁知道我的灵魂啊
却无时不在寻求着明天的旅伴
就像孤独的鸟,在雪地上
寻找春天,像沉睡的蒲公英
在黑夜里,等待着雷的呼唤

现在,我听见了,听见了你的
越来越近的脚步声,已在门前

你轻轻地抬手,如同命运
在敲门,你亲切的声音使我激动
却无法表达这激动的情感
啊,在一瞬间仿佛闪过了我的一生
我知道这时刻是终点更是起点

我还将相信,那已经错过的
并非花期,而匆匆老去的只是时间
就像晚秋的桂花不是故意开得最迟最慢
只因为心中还有所期待,有所留恋
像候鸟,拣尽寒枝不肯栖息
像失落的音符,在寻找自己的那根琴弦
像寂静的港湾,在等待梦里的归帆

1996年秋天

有 赠

仿佛雪夜里归来的远游客
看见了故乡温暖的灯火
又如在沙漠上跋涉的旅人
远远地望见了母亲河
当我在茫茫人海里遇见了你
我才知道多少年来
我心中的那堆篝火从未熄灭

我渴望过寂寞
却未必能够忍受寂寞
正如在苦难面前坚强的人
面对着幸福又那么脆弱

啊，一滴露水就能解除我的干渴
淡淡的一瞥也会使我全身灼热
我知道，有一天当我独自踏上风雪旅程
我将高昂头颅决不退缩
只因为大风雪中
有一双明亮的眼睛在注视着我
有一声温柔的叹息饱含着关切……

1996年7月

夜行的驿车

白昼的喧闹仿佛已经平歇
这是城市华灯初上的时刻
一辆驿车在行驶。这是我的
命运的驿车在行驶。在北京的街上
在这古老城市的九月之夜
不是从威尼斯驶向维罗纳的那一辆
而我却仿佛看到了威尼斯郊外的
那一串串明亮又温暖的灯火
听到了全维罗纳晚祷的钟声
正从天空降落。啊,这是我的
命运的钟声从天空降落
美丽的叶琳娜,就坐在我身边
她温柔的目光比宝石更明亮
比夜色里的露水更加纯美和清澈
这城市的灯光照耀着她
她秀美的长发飘散着乳香,而沉默
就像开在夜色里最美的花朵
一辆驿车在行驶。沉默的驿车
还有沉默的时间,伴着我的心跳
悄悄地掠过。在这匆匆的世纪末,
啊,时光仿佛一堆即将燃尽的篝火
而我,就是这堆篝火

时光又如一条快要到达终点的河
而我，也许就是这条河
在这九月，在这古老的城市
一个充满了惆怅的离别之夜

1996年9月12日夜，北京东四

S城某夜

  这里不是
阿波利奈尔追忆的塞纳河
  而我的眼前
   一样流逝着
永不复回的时光之波

  这里不是
贝特丽丝和但丁相会的老桥
   但你是否看见
   有一颗神秘的星
也在我们的头顶闪耀

  这里是你的城市
我是黄昏时分匆匆走来的过客
   秋意已深
   我却感到温热
当你的手和我的手紧紧相握

  人生何其匆匆
时光也许会把一切都悄悄变更
   唯有刻骨铭心的记忆
   能够永恒

就像天狼星和它的伴星

1996年9月21日

今夜的月亮

今夜
我在鄂南山中看见的月亮
是遥远的
遥远的海河上空的那一轮

今夜
我在古老的月光下想起的
是千里之外
也坐在楼头望月的那个人

今夜
我记起一位年老的漂泊者
在异乡的歌吟
"我的思念是圆的"

今夜
关山遥迢而月色近人
且让我饮尽
这万里月光和一片冰心

今夜

三更已过霜潮正起

此夕何夕

天涯共享此番温馨

1996年9月27日

记否西山

记否潭柘寺？记否西山
记否北京初秋的那个夜晚
相逢，仿佛只在一瞬间
分别，却似经过了一千年
没有骊歌，路程还很遥远
我带着一个美丽的梦回到江南
江南秋声正起，荷色渐残
我的心却存留着不尽的温暖
像一个固执的守夜人在守望灯盏
我在守候着一段难忘的时间
把思念散入风，风又吹向天边
一片温情使我激动，又令我伤感
剪不断的心事，欲理还乱
恰如满天的星光，似隐似现
多情应笑我，华发早生鬓间
说什么聚散匆匆，只因人生苦短

1996年中秋

漂泊者的歌

当天色向晚,雾迷津渡
旷野上升起了黄昏星
暗黑的老房屋,远远地
亮起了一盏旧时的灯
呵,是谁,将和我一道
去寻找那回家的路程

当暮年已至,老友飘零
往昔的记忆都变得迷蒙
夜半时突然从梦里惊醒
隐隐地听见故乡传来呼唤声
呵,归来吧!年老的漂泊者
只有这里,才能给你幸福安宁

1996年10月,北京

风 花

传说这是一种古老的花
它长在雪谷而开在悬崖

Wind flowers 多么美丽
它能引诱那赶路的人忘了回家

它使人痛苦又给人欢乐
得到它，需要整个一生作为代价

它遥远又亲近，飘忽又朦胧
多少人舍弃一切幸福去追寻它

传说它又是一种古老的爱之花
一旦靠近了就会离不开它

1996年秋天

多么安静啊这一个黄昏

像年老的叶芝,坐在黄昏的古塔里
静静地谛听着,那世纪钟摆的声音
我坐在夕光已逝的书房里,依依回想着
你美丽的青春的脸庞,和你柔和的眼神

秋天已经远去了,窗外暮色已深
一片琥珀色的落叶,随着窗帘飘进
仿佛在告诉我,冬天已到达北方
第一场雪,就要在你的身边降临

音乐什么时候停止了?亲爱的马勒
爱情的星光在指引着我们共同的灵魂
不,不必叹息那随风而逝的青春酒歌
是最温柔的思念,使我的眼睛变得湿润

我曾经长久地在寻找,像一只疲倦的鸟
寻找旧时的巢,飞过一片又一片树林
我看见过灯火,但它们并非为我而点亮
有门敞开着,而我只是个过客不是归人

啊,多么安静啊这一个黄昏!垂下头来
深深埋进双掌里,对你的思念使我心痛难忍

Necessitas！我仿佛看见一盏古老的灯
在黑暗中，一瞬间便照亮了我一生的命运

1996年10月，某个黄昏

许多年以后

许多年以后，啊，许多年以后
你是否还会记起，这些匆匆的时光
就像记起，童年时的某一条小路
在夏天，曾经开过淡淡的雏菊和七里香
就像记起，中学时代的一位同桌
毕业时，曾经有过怎样依恋的目光
就像记起，晚会上听过的一首旧歌
在一个黄昏，又送来多少温暖和惆怅……

许多年以后，啊，许多年以后
谁能够知道，世界将会变得怎样
我们都将去往哪里？心灵的原野
又会变得怎样冷寂、空旷和荒凉
谁能够知道，会有一双多么陌生的手
拂去厚厚的尘土，移来古老的烛光
轻轻打开这一本没有封面的纪念册
细细辨认，这是谁献给谁的诗章

许多年以后，啊，许多年以后
时间会带走一切短暂和美好的景象
就像沙上的足迹，掩埋于不息的风中
就像旧时的冰花，融进了新年的阳光

而记忆，果真能变成石头吗？不，不
只要有水在流动，远处就会有河床
夜色未央，那最后的守夜人就会醒着
水中有莲，而我，就是那不枯的荷塘

1996年10月14日

露从今夜白

总有一天，我们都会被时光的流水带走
就像盛宴散尽，没有人再在夜色里停留
当一片琥珀色的落叶飘到了我的眼前
我才知道，冬日的马车已经停在门口
露从今夜白，而一切还能够再追忆吗
当着古老的风花还在我心中闪烁；当着苹果树
从春天步入深秋；大雁高唱着，向着远方
展开翅膀的时候。而你在哪里呢
我最亲爱的人，霜天万里，芦花飞舞的时候
你可知道，我的思念飘在哪朵金色的云头？

1996年，深秋时节

深秋十四行

我思念你!犹如思念
这个世界上唯一的亲人
怎能忘记,你的容颜
还有你的每一道眼神
多少静夜,多少黄昏
心事不走,而眷眷跫音
响在门外,传到耳边
有时只需默默的一瞬
人生苦短,思念补不尽船漏橹破
而多少心事都难与君说
聚散匆匆,来不及问清那口头之诺
顷刻之间就沧桑已过
且让我把这矛盾重重的十四行诗歌
付与这霜林尽染的江南秋色

1996年冬

守望之歌

我们会在哪里相逢
如果你在等着我

我们将远远地守望多少年
为了那默默的一夕之约

我们能够等到那一天么
肩负着这些"累人的明天"

我们还能够彼此相认么
当我们都到了白发暮年

1996年冬

我记得那美妙的一瞬

我记得那美妙的一瞬
仿佛在夜行的路上偶尔抬头
突然看见了满天的星辰
它们离我那么遥远
我却感到那么亲近
它们是在默默地注视着我
而我却获得了温情和信心
啊,我记得
记得那美妙的一瞬

我记得那美妙的一瞬
不是昙花一现的精灵,不
那分明是和我交臂而过的命运
她想告诉我什么,却欲言又止
她想停留一下,却又匆匆转过身
就像夏日里飘过的无言的流云
只把它的影子投在我记忆的湖心
啊,我记得
记得那美妙的一瞬

1996年冬

幽兰之歌

原以为我的心是那千年的古井
斑斑的绿苔下面不再有歌声
是你为我拨开那沉重的浮萍
让我又看见了外面高远的天空

原以为我的心是那荒野的水潭
无根的植物下面不再有波澜
谁料想你无意中驻足一看
就看破了我这久已静止的水面

你本是山谷间的一株幽兰
叶叶蕊蕊只能属于殷勤的春天
没见过尘世的风霜和雨雪
所有的梦想还隐藏在心间

春已归去,一瓣心香还未曾盛开
只因为心中,还有所期待

1996年冬

守岁之夜

我幻想过,幻想过未来那些日子
却总是弄不懂命运中的许多秘密
我爱你,为什么要掩饰
正如在我青春年少的时光
曾经背着许多我爱过的人
默默地写下过多少
献给她们的诗句
有的是些微弱的呼唤
如旱天里的芦苇失去了声息
有的是些无望的期待
仿佛捧不住阳光的残损的手指
也有一些由衷的赞美
也有一些沉重的叹息
岁月匆匆流逝了许多,又送来许多
青山不老,大地常绿
宛如凋谢之后的花朵重新开放
重新向世界展示着它的绚丽
可是什么时候
我爱过的人都已离我而去
或许是我离开了她们
而所有的诗歌,连同往事
最终只有我自己来阅读

字字句句，如同阅读旧时的心迹
有谁知道她们还幻想过什么
憧憬过什么呢？当白昼将尽
黄昏星隐逝，大地归于黑夜的沉寂
只留下一片惆怅让我追忆
还有一些温情，令我珍惜
冷冷暖暖，恩恩怨怨
还有那神秘莫测的生生死死……
那么，你将来收藏这些诗歌吗
我生命中最后的恋人
我的漫长的旅程中
不期而遇的红颜知己
杨柳依依，雨雪霏霏
我仿佛早已经把家园迷失
走了整整三十年，我不知道
我要寻找的是不是就是你
许多年后的某个风雪黄昏
与今晚也许只隔一层透明的玻璃
那时候，当你亲手拂去
这一页上的灰尘，温情的手指
宛若在轻轻打开尘封的记忆
不知道我将在何处荒丘长眠不起
还是在哪个被遗忘的角落
轻轻叹息

1996年岁末之夜

断　章

一

思念你的时刻
我感到了温情和快乐
而当我投身喧闹的人群和客厅
我又感到寂寞

在你年轻而美丽的时候
我们交臂相错过
而当岁月就要使我们一同
变得苍老而陌生
命运又让我们重逢

二

我的生命里
有许多美丽的花朵
有的在默默等待着开放
有的还没开放
就已悄悄凋谢

1996年

致一百年以后的你（组诗）

纪念1997年秋天新疆之行
献给诗人叶夫图申科
献给《蓝色勿忘我》的作者

致一百年以后的你

经历了整整的一百年啊，
我才终于迎来了你！
　　　　——茨维塔耶娃

一百年以后，亲爱的，我们将在哪里相会
在古老的江南小巷，还是在遥远的大西北
那时候，我仍将献给你一束诗歌的玫瑰
还是捧一把咸涩的雪，我一百年不化的眼泪

一百年以后，亲爱的，你是否还能认出我
在旧世纪的群星中，总也不肯坠落的那一颗
那时候，你是否还能分辩出我的光泽
然后呼唤我越过银河系，飞临你的星座

啊，一百年以后，谁能轻轻拂去尘土
坐下来，好奇地披读这些陈旧的诗歌

谁还能够去想象，这是一场什么样的恋情
是从怎样深厚的土壤里开出的命运的花朵
啊，一百年以后，谁还能够理解：爱着
就是痛苦，就是无休无尽的思念的长夜

晚秋的向日葵之歌

我心灵中最后的火焰将为你燃烧
我生命中唯一的花朵将为你盛开
当我抬起头穿越过黑夜的层层波涛
只有为你我才愿献出那黄金的色彩

不，不是故意要错过季节在晚秋开放
只因为我的心中还有一份固执的期望
假如没有你向我投来温情的光芒
我将从哪里获得那燃烧和欢舞的力量

你是这寒冷的高原上温暖的篝火
你是我漫漫的长夜里不灭的星光
而我也注定不是春天所钟情的花朵
我是晚秋的华灯，等待你来点亮

当我依偎在你母亲般的胸怀里闭上双眼
只有你能听见我的心在怎样幸福地跳荡

麦琪的礼物

你在漫漫的长夜里等待着

等待着一份麦琪的礼物
哪怕是一根小小的蓝发带
你都会觉得无限富有和幸福

而我连这份小小的礼物都不能给你
我是从荒凉的沙漠上走来的旅人
我的行囊空空，身上落满了灰尘
三十多年的时光被我一路挥洒殆尽

我是你幻想的废墟，而你
才是我在人世间到处寻找的命运
你是我的金窑，你是我的炉膛
你温存的目光焚冶着我的生命和灵魂

你交给我最后的希望最后的梦
你交给了我最后的火焰和甘霖

小人鱼之歌

我知道你还有许多话要对我诉说
就像波涛要向遥远的海岸献上她的音乐
啊，在你即将交出自己的声音的那一刻
我听见了，听见了你生命中最温柔的歌
我看着你正踩在刀尖上为我跳舞
你的每一个舞姿都使我忧愁和痛苦
而你的眼睛却仿佛在对我低说：不
为了自己所爱的人，踩着刀尖也是幸福

在没有我的日子里,你曾经苦苦地盼望
像一朵最美最纯洁的海菊花含苞待放
而我却什么都不能给你,除了痛苦和失望
啊,你,我心中的爱人,我永远的新娘

或许只有在梦里,我才能紧紧地拥抱你
轻轻吻着你含泪的眼睛,和你圣洁的脸庞

叶尔斯特河

我曾经长久地在世界上流浪
背着我唯一的琴和空空的行囊
野店的灯火伴我踏上梦中的归程
半夜里突然惊醒,却不见儿时的村庄

二十年后是你为我亮起了这盏风灯
它召引着我在黄昏时走近你的毡房
我犹豫着,不知道自己是归人还是过客
我甚至不敢抬起头看一看你温存的目光

巴音布鲁克草原是牧人的家园
艾丁湖盐池是野骆驼的天堂
我说:只要一口泉水就能使我沉醉
你却说:不,叶尔斯特河的春水
已漫过河床,琴弦断了河水还在荡漾
我的眼睛就是你存放心灵的地方

读《蓝色勿忘我》

勿忘我，在每一个春夜
勿忘我，在每一个夏夜
勿忘我，在每一个秋夜
勿忘我，在每一个冬夜
即使我不在你的身边
即使我身处遥远的异国……
　　　　——叶夫图申科

在所有娇艳芬芳的花朵里，我只爱
默默无语地闪烁着淡蓝色的那一朵
正如在满天的繁星里，我最爱
在曙光中隐没又在黄昏里升起的那一颗

在风雨之夕，在寂静的田野，我听见
一个低低的声音在夜色里说：勿忘我……
仿佛处女地上风信子被年少的牧人踏过
她痛苦地倒在地上，却还开着晶莹的花朵

啊，蓝色的，比蓝宝石还蓝的勿忘我
多少人像冷冷的斜雨从你身边飘过
只有一个曾弯下腰来倾听你诉说
像一只夜莺倾听另一只夜莺的命运
像一株萱草倾听另一株萱草的歌
啊，他就是你啊——善良的诗人叶夫图申科……

清泉

醉过的人方知道酒的浓淡
爱着的人才懂得人间悲欢
当命运把我抛弃在古老的荒原
我才怀念起生命中最初的清泉

那是像爱情一样神秘的流水
在呼唤我举起心灵的圣杯
而我正像那枚做梦的青莲子
少年的心还在冬夜里沉睡

二十年后仍然是你来把我唤醒
岁月的风沙阻隔不了你的歌声
超越所有的年代我们终于相会
啊,在沙漠里相遇的两股泉水
我的生命里浸染着故乡大地的苦涩
而你却保留着那个年代的全部甘美

雪莲

在混乱的年代盛开的一朵高贵的雪莲
你每一片花瓣都闪烁着晶莹纯洁的光芒
古老的雪山用千年的眼泪把你浇灌
你所有的伤痛都被圣洁的大地母亲收藏

在一切孤独和苦难之上,你平静而安恬
你的微笑使苍鹰收敛起黑色翅膀

再大的暴风雨也无法夺走你的美艳
你的美，将比博格达雪峰更加久长

肖尔布拉克的沸泉使多少生命获得再生
而你也使那不可思议的一切在瞬间完成
被爱情、诗歌和无边的幻想所抚爱着
我的心也获得从未有过的幸福和安宁
不，你不是我的恋人，你是永恒的女神
你的灵魂将导引着我的灵魂向上飞升

在沙漠上跋涉的旅人

在沙漠上跋涉的旅人啊
每一滴水都是他生命的甘露
而价值再昂贵的黄金
也不过是一撮尘土

没有经历过寒冷的冬天
哪能懂得春日的温暖
在大风雪中拥纳我的茅屋
胜过世上最华美的宫殿

我看见，胡杨树在戈壁上迎风起舞
那是古老的地下河正漫过它的根须
我看见，绿色的芨芨草在天边摇曳
那是它听见了牧人们伤心的歌
我看见，雪莲花在千年的悬崖上含笑怒放
那是爱情的光芒照射到了雪线之上

天山月明

最圆最亮的是天山的明月
她像母亲一样目送着我们夜行的火车
今夕何夕,在这遥远的边关塞外
当我的手和你的手轻轻相握

那是恋人的絮语,还是车轮在唱和
不,那是甜蜜的战栗从心房划过
目光和目光对视的时候,你可曾看见
天边那一堆古老的未曾熄灭的篝火

火车越过美丽的天山没有停下
它将载着我们奔向更远的天涯
让皎洁的月亮作证,我们还多么年轻
我将伴随着你,去追寻错过的年华
直到这千年的雪山化为幸福的泪瀑
直到我们满头的青丝都变成白发

冰山女神之歌

谁见过苍鹰在瞬间越过千年的冰山
谁见过冰山上最美的那朵雪莲
慈祥的博格达峰是雪山的母亲
而你是圣洁的女神降临在人间

黎明的第一道霞光是你绯色的面纱
雪峰之上的月亮是你明媚的耳环

比绿色更绿，比蓝色更蓝
晶莹的雪水河啊是你腰间的绸缎

世界是一片荒漠，而你是善与爱的甘泉
为了寻找你，我曾经走遍万水千山
你是我不可抗拒的命运，你是我古老的梦幻
啊，你从哪里诞生？谁见过你的容颜
在那遥远的年代里，又有谁
听见过你轻轻的温柔的呼唤……

江南大雪

有时候命运会把我们驱赶到偏远的地方
就像大雁因为季候而离开自己的芦苇荡
当十二月的冷风把你吹向那座伤心的古城
在一个雪夜，我也借着微茫的星光
悄然返回我流浪过的边镇，我的呼啸山庄

轻轻地呼唤你的名字，在这孤独的夜晚
窗外的大雪越积越厚，那是我的思念
而你在哪里？我轻轻地问，一遍一遍
你此刻也在对窗凝眸吗？有谁为你送走温暖
当雪落江南，你的心是否还没于无边的伤感

啊，既然那唯一的藤叶已经随风而逝
抬起头来，亲爱的，不要再去追忆和叹息
一切逝去的，其实都将与我们同在
就像这眼前的地域，并没有拉开我们的距离

冬末的湖畔

哦,生命之树,何时是你的春天
当我们相爱时,候鸟在哪里休眠
口占着两句即景诗,我徘徊在冬末的湖畔
仿佛忧郁的里尔克,漫步在慕尼黑的公园

幸福像朝露一样美丽而又短暂
假如没有生命的花朵把它吸吮在心间
爱情也是一样,谁能预期它的终点
当那古老的火焰,被时间的巨手点燃

在雪地上散步,让我们想到鲜花盛开
正如离别之时,想到重逢的欢快
寒冷的时候,让我们想到火的舞蹈
候鸟远去,让我们想到鸿雁归来
孤独的日子里,想到你在远方思念我
欢畅的时候,想到你正站在千里之外

风中的落叶

就算你们守望我,也是守望空心岁月
就算你们等待我,也是在等待戈多
我是美丽花蕾中拒绝盛开的那一朵
我是金色种子中不肯发芽的那一颗
我从虚无中来,复又归于虚无
正如你们创造了我,复又把我毁灭

我是必然的河床里偶然翻起的水波

我是肯定的土壤上被彻底否定的花朵
我听见过一种古老而痛苦的呻吟声
就像最精致的丝绸被人撕裂
我看见过一种愧疚而无助的目光
就像最完美的橘核被人剥落

而我是沉默的,在沉默中独自归去
像一缕风,像风中的一片落叶

当我们老了(仿叶芝)

有多少爱的欢欣,就有多少爱的煎熬
人类有了荷马,便有荷马式的痛苦和微笑
时间不会带走往日的梦,正如秋天的树
从来不会忘记,初春的阳光的照耀

那些幸运的人,爱过你花蕾般的红颜
爱过你处女的心,和你青春时的美貌
而我情愿像那永远在朝圣的诗人叶芝
爱你满头的银发,和生命晚秋的曲调

坐在黄昏时分的炉火旁,看那红光闪耀
那时候,故人尽在天涯,我们都已衰老
而唯有一支恋歌,还在心中萦绕
那盏古老的神灯,也保存得那么完好
你用温情的双手,去拨亮它最后的火苗
它柔和的光芒将再次照亮记忆的地窖

温柔的伤感

少年时不懂得长相厮守的珍贵
不用告别不必相送便劳燕分飞
天之涯地之角也许永不再相见
待到中年以后才知道思念的滋味

我思念你，嘉定城外古老的廊桥
和廊桥下浅浅的树影，默默的流水
我思念你，襄阳路上淡淡的月光
和月光下宁静的小屋，素洁的窗扉

你轻轻的叹息是浮动在夜色里的薄雾
你温存的目光是漠漠云空下明净的秋水
一个微嗔一声低唤一丝温热的气息
也恰如青色的枝条上那半睡的花蕾
不，不是幻梦，也不是痛苦的追悔
是温柔的伤感，使我的心微微迷醉

合欢的夜晚

无论我走到哪里，离开你有多么遥远
我都能听见一个声音在轻轻呼唤
回来吧，回来吧，回到我的身边
只有在我这里，你才能获得幸福平安

无论我有多么苍老，即便是睡思昏沉
我也会记住那些欢乐和美好的时辰

记住你完美无瑕的肢体，在合欢的一瞬
发出光辉，还有你天鹅绒般柔和的眼神

当爱情被世人嘲笑的时候，我们开始
相爱，正如当所有的人都已厌弃了抒情
我却在为你写着这些抒情的十四行诗
这也是命运，早已决定于我们的性格
而不仅仅是因为你多读了点阿赫玛托娃
也不是因为我多读了点叶芝和里尔克

生命转弯的地方

我是惯于沉默的夜莺
只有为你，我才能尽情的歌唱
我是荒原上的沙枣花
只有为你，我才会默默地开放

在塔克拉玛干沙漠的边缘
从喀什通往库尔勒的大路上
一股神秘的泉水在奔腾
漫过了我生命转弯的地方

我曾经匆匆地离开过许多人
我也注定要被许多人遗忘
就像一只疲于迁徙的候鸟
不知道会迷失在哪片丛林和山冈
你的心灵是我最后栖息的地方
从你这里，我将获得幸福和安详

古老的平安夜之歌

默默地守候在天使降临的平安夜
等待着二十四番花信风轮番吹过
今夜没有雪，你就是我心中圣洁的雪
今夜没有音乐，你就是我心中的音乐

像恋家的燕子守候着自己的旧巢
我守候着你，一直守到天荒地老
而老去的只是时间，什么样的风暴
也不能使我们心中的玫瑰枯凋

除非有一天，我们都渡过了忘川
而在时间的尽头，我们还会相见
彼岸是那么美丽，因为你在等待我
在那里，我们又将开始一次初恋
古老的平安夜里，我这样低语和想象
我们正相依相拥，坐在时间老人的马车上

神灯照耀的夜晚

这是圣诞的前夕，天使降临的夜晚
我们一起把那盏古老的神灯点燃
谁也不要追问，那些错过的时间
今夜，你素洁的小屋就是我们的伊甸园

你湿润的嘴唇比初开的圣诞花还要鲜艳
你秀美的长发像展开在夜色里的绸缎
音乐从心中升起，甜蜜中带着伤感

我们相拥而舞,互为终生的舞伴

佛罗伦萨的老桥上,有但丁忧伤的诗篇
而今夜,美丽的贝特丽丝就在我的身边
这是圣洁的初夜,这是永恒的瞬间
为了等待这一天,我们互相寻找了一千年

在古老的神灯照耀下,依偎在你的胸怀里
我仿佛回到了母亲的身边,孩提时的摇篮

玛丽亚和圣婴

寒冷的大风雪吹过木栅栏和马槽
盖住了那受难的女子裂心的哀叫
她紧紧地咬着那失血的嘴唇
蓬松的长发就像飘散的水草
没有眼泪,眼泪已经在轻蔑中流干
她身下的稻草全被血水和汗水浸染
她挣扎着使出了最后一丝力气
用双手紧紧抓住那冰冷的栅栏

在短暂的寂静之后,她听见一个声音
那么微弱地传来,又如晨钟一般灿烂
就像在大风雪中盛开的一朵小花
像黑暗的地窖里长出的生命的芽尖
"记住你母亲的血吧,它曾染红了马槽。"
她说着,把这个小小的圣婴搂进了怀抱

1997—1998年

哪里是存放灵魂的地方

最美的云彩飘在夏日的蓝天上
最亮的星星闪耀在故乡的屋顶上
最美的那朵玫瑰
开在我的心上

道路是新的最好
酒是陈年的最香
我不知道爱情
是否越是遥远越难忘

盐池是养骆驼的地方
草原是跑马的地方
只有你温存的眼睛里
才是我存放灵魂的地方

1998年

北京的春夜

是如此迷蒙的春夜
是如此温馨的春夜
百合的芬芳浮动在空中
如轻轻飘散的音乐

这是林徽因的北京
这是徐志摩的春夜
新月初升，二十四番花信风
正在远处轮番吹过

仿佛有许多话语
可以向你诉说，当我的手
和你的手轻轻相握
而我为什么突然失语
星河不宽，却难以渡过
就像激情的手指
刚刚触到琴弦
又顿时变得沉默

你美丽的长发在夜色里
闪烁着迷人的光泽

你纯洁而羞涩的目光
比花瓣上的露水还要清澈
啊,今夕何夕,仿佛
昙花一现的精灵
天空无痕,而鸟儿已经
从梦中的天空轻轻飞过

那么,许多年后的
某一个夜晚,谁将
重新记起古老的北京
这个美好的春夜
那微微战栗的一瞬
像记起错过季节的
一朵落花。像记起
从时间之树上飘落的
一片静美的落叶

1998年

幻觉与幻听

明知道我早已被你遗忘
有时候深夜里还固执地守在电话机旁
等待着等待着一阵惊心的铃声作响
然后是一个熟悉的声音从那端传来
那么轻柔那么温存那么爽朗
千里之外仿佛你就坐在我的身旁……

独自守望着黄昏的寂静
有时候会出现可怕的幻听
好像有电话铃声在响个不停
不,又像是一阵轻轻的敲门声
不,那分明是谁的足音越来越近
不,那是窗外无休止的蝉鸣……

1998年

当春夜阑珊,夏日消逝

不,不必对你说出那个字
我无数次这样叮嘱自己
即使春夜阑珊,夏日消逝
时间的马车会带走所有的记忆

大地无疆,而我是最后的旅人
爱情之灯永远闪亮在我的心里
没有拥抱,只有燃烧。仿佛葵花
在风中歌唱自己生命的秘密

像淡蓝色的铃兰一样纯洁的少女
目光清澈得如同没有照过影子的小溪
在我的诗歌里出出进进,多么轻盈飘逸
你,我幻想的精灵,我梦中的天使

在温暖的冥想中,我常常寻觅
那个春夜的感觉,那些芬芳的气息
我为那失去的时刻扼腕长叹
当我从梦里醒来,心灵在黑暗中战栗

不,不必对你说出那个字,且让它
埋在时间的深处,像一枚古莲子

我是沉默的守望者,而我的每一首诗
都是后人永远无法破译的秘密

1998年,初秋

老去的只是时间

就像那位佛罗伦萨的诗人
踩着晚秋金色的落叶
去寻找贝特丽丝的足迹
多年以后的某一天
当夜深人静之时
我的无家可归的灵魂
也将去寻找你
凭着我心灵的感觉
和这个深秋的记忆
我会找到你的,亲爱的人
无论你在哪里,无论你在
多么稠密的人群里
老去的只是时间
而你是那轮永恒的月亮
闪亮在我命运的冰海里

1998年,晚秋

寄友人

说什么春去春还来
说什么花谢花又开
风尘不解,秋雨拥怀
只因为心中,还另有期待

人生苦其短,知交几人在
海阔山遥,雾失楼台
望千里烟波
都在隐隐江天外

且把铅华洗尽
留几分痴情不改
好在群芳之后,风雪之夕
捧出一瓣心香
为君默默盛开

1999年

豫西北的秋叶正红

豫西北的秋叶正红
而第一场雪已经降临
仿佛是悄无声息
却又如空谷足音
伸出双手,我感到了温热
这温热来自你平静的眼神

你是谁呢?请告诉我
你是我苦苦追寻过的幻影
还是我诅咒过的命运
时光的河流太宽,密林太深
越过了多少高山峻岭
我才找到了你,与你汇合
虽然,相逢也只是
那么短暂的一瞬

而此时,我已经苍老
头发已经变灰,额头有了皱纹
我的青春和我的激情
仿佛已经被我挥霍殆尽
黄昏星在洹水对岸闪耀
而我已经迷失了回家的路

就像一只迷途的鸟
我飞过了一片又一片
陌生的核桃林
爱情的火堆，也只剩下
微弱的灰烬

啊，安达露西亚温柔的双手
也没有把流水的门打开
为什么，你只用轻轻的一句话语
就唤醒了我沉睡的灵魂
拨开一层层漂泊的风尘
我忽然发现，那火种还在
它是为你而保存的吗
从久远的年代，直到时光流尽
我的全部血肉，就是供它燃烧的
最后的柴薪
如果不够，还有这颗
尝尽了世间愁苦的心

2000年深秋

车过安阳,没有停下

车过安阳,没有停下
它在朝着命运指引的方向飞驰
仿佛永不停滞的岁月
要把你从我的身边劫走
带回到那个遥远的城市

而我,早已经离不开你
就像一颗最坚忍的麦粒
假如不能落进你的土地
我再坚忍又有什么意义

不,你是为躲避爱情
而奔逃到这里的惊悚的清泉
我却是被你的古老和美丽
所吸引的阿尔甫斯
我将变成一条河流
去远方追赶你的踪迹
即使你滔滔的洹水是苦涩的眼泪
也是能滋润我心灵的芬芳的花蜜

谁也不能够把你带走
无论是时光还是距离

我将深深地爱着你，让别人
去拥有整个世界吧，而你
就是我的整个世界
你是我全部的乡愁、痛苦和欢乐
你也是我最后的诗歌、命运和回忆

2000年深秋

从一个秋天，到另一个秋天

> 终于能按照自己的内心写作了
> 却不能按一个人的内心生活
> 这是我们共同的悲剧
> ——王家新《帕斯捷尔纳克》

而我也注定要这样爱你
从一个秋天　到另一个秋天
从第一场雪　到最后一场雪
从北方　到南方
从故乡　到异乡
从满头青丝　到白发苍苍

或者是在雨中　在风中
在白天　在黑夜
在孤独的旅途上　在流浪的梦中
或者是在驶往黄河以北的火车上
在穿越过积雨云层的波音飞机上
在深夜里开过的
最后一班地铁上

在你素净的小屋里
在你芬芳的床上

在你的身体里
在你的呼吸里
我们　深深地爱着

我能够不爱你吗　不
你是我的生命　你是我的命运
是我的风暴　是我的旋涡
是我的沸泉　是我的炉膛
你是我全部的真实与幻影
而我注定要这样爱你
用我的沉默　用我的热烈
用我的血肉　用我的灵魂
用我全部的忧愁　痛苦和欢乐
用我生命中最后那首
高贵的诗歌

2005年

第四辑 | 大地

人之诗

——献给杰出的人口学家马寅初先生

一

单一的欢乐与幸福
并不能使我们的生活显得轻松美满
当我沿着南方的河流漫游
走过你的江浙水乡
走过我的鄂南山川
总有泪水，模糊了我视线

我是为着那一些终于消失了的事物而歌唱
而写着我的喜悦的与沉重的诗篇
仿佛就在昨天
它们还压在我们的头上，那么神圣
使我们的每一个日子都感到焦灼难安
同时，我又为一些固执地存在着的东西
感到心痛，感到羞惭——

那些瓦檐上长满了青苔的老屋烟熏火燎
使我想起半坡时代，想起古老的陶罐
这里更绝少日报和信息
甚至最简单的人类文化与科学的宣传
孩子们因为暂时的贫困失学了

失去了本应该属于他们的美好的乐园
课本丢失到哪儿去了呢
美丽的梦想就在父母的埋怨声中
就在放牛与打柴的山坡上化成了云烟……

而我们的祖母和母亲
她们最大的希望仍然维系于
那一尊永无言语的观世音
而我们的父亲和长兄
他们白天盯着自己的风车和水田
晚上便为一屋子的孩子
打着凄凉而艰辛的算盘
更不知道自己所属的这个时代
将要发生怎样的变迁

唉！我们都是从这样艰难的日子里走来
我也曾有过这样被忽略的童年
我的在拥挤中前进的祖国啊
面对这一切，我的在艰辛中行进的祖国啊
你可听见这压在心底的
你的人民的叹息与期盼？

二

但我知道，尊敬的先生，你是最早的觉醒者
从社会经济的广阔的原野上
从哺育你的华夏土地上徒步走来的
博学的、智慧的马寅初先生

面对着与日促增的年轻的人流
你的眼中流露着深深的爱与祈愿
你相信,只有他们
才是推动历史前进的动力
才是整个时代的中坚
同时,你的心中也敏感地忧虑着
我们的所有城市与乡村的命运
和整个华夏子嗣的昨天、今天与明天

终于,你像古代的预言家但以理
像那不朽的哥白尼一样
你向你的祖国和人民
袒露了你的真诚而深情的预言
你这东方的预言家啊!

是的,真理往往就是这样朴素而且简单
超载的大船非但不能前进
在茫茫的历史的海洋上
它甚至也预示着可怕的灾难……
你相信时间,总是是非最终和最公正的裁判
因而你毫不动摇自己的信念
甚至甘愿因它而蒙受着
长久的精神苦难……

三

历史,总是艰难地解答着
一个又一个难题,而步步向前

今天，当你离我们而去了
现实，总使我们长长地
将你及你的嘱托怀念
既然百年大计的重任，最终
已经落在我们的肩上
听从着伟大的逝者的预言
我们唯一的出路
便是为未竟的大业推波助澜
我相信，真正的福音
将会改变一切乡村的、城市的
最难改变的头脑与习惯
就像温情的春天的风
总能唤醒遍山的绿草和杜鹃

为此，我多么渴望
一些更大的摧毁与破坏的力量
它们不是一些遥远的雷声
不是虚浮的云，而是一场雨
实实在在地落下来
涤荡着陈旧的一切，然后
滋育着新的生命之树
走向强健与灿烂

尊敬的、忧心忡忡的人口学家啊
只有这，才是我们对你的最好的怀念……

1986年8月，写于鄂南乡村

可可西里之歌

一

谁见过苍鹰一翅飞越千年的冰山
谁见过冰山上最早盛开的那朵雪莲
乌兰乌拉湖，可可西里明亮的眸子
西楚玛尔河，女神腰间蔚蓝的绸缎
比绿色更绿，比蓝色更蓝
骏马放蹄奔驰，天鹅遨游云天
云层透亮如锡纸，日月交替似雷电
高寒寒于冰川，高温温如沸泉
可可西里哟可可西里
你是我的遐思，你是我的梦幻！

二

亿万年的珊瑚，风化成历史的化石
千百年的血泪，沉淀为深厚的盐矿
可可西里啊可可西里
你收藏了无辜的流放者斑斑的骨殖
也准备了埋葬拜金狂的冰冷的土壤
最富足，又最绚丽
最贫瘠，又最荒凉

你有黑胸鹀、棕头雁和岩羊的安恬与温柔
你更有野牦牛、雪豹和雪狼的残酷与刚强
弱者望而怯步，强者找到了厮杀的疆场
可可西里哟可可西里
你是我的地狱，又是我的天堂！

三

秀丽的太阳湖，雄伟的博格达峰
你是无私的开发者们青春的见证
茫茫昆仑山，山脉巍峨纵横
山脚下有我们的兄弟姐妹驻扎的帐篷
在针叶林带、阔叶林带和永久积雪带
我们的一代代生物学家就此诞生
当太古代、元古代和古生代一闪即逝
我们的新生代，又呈现在历史的断层
考古学家、历史学家和忧思忡忡的社会学家
面对轰轰烈烈或无声无息的造山运动
你们该怎样做出公正的抉择
才会不再怀疑自己的良心与眼睛？

四

我把全部的礼赞，献给开发荒原的勇士
而对那些趋之若鹜和贪得无厌的拜金者
我的诗只有十倍的诅咒和百倍的鄙视
冒险、恐惧、撕掠、猜疑
你得到了金子，却失却了理性和正义

贫穷得只剩下了黄金，黄金也会黯然失色
你抱着金子在狂欢，金子却在你怀中哭泣
可可西里哟可可西里
你是我的忧思，你是我的叹息！

五

走遍风雪天涯，何处是我最后的家园
有了爱情、幸福和那无风无雨的屋檐
为什么我又比任何时候更渴望苦难
当我昏睡时，你施我以严重的缺氧和高寒
当我僵冷时，你刺我以最强劲的紫外线
你有严正的雷霆、雪崩、暴风雨
你更有温柔的羊群、白云和甩袖无边的大草甸
别人对我的赞美，我把它们弃如炉灰
而你即使对我诋毁，我也看作是爱恋
抛弃生命中一切不能承受的轻、庸俗和傲慢
可可西里哟可可西里
你是我的生命，你是我最后的家园！

1990年

重回沂蒙山

> 百灵子过河沉不了底，
> 死在枕头上忘不了你。
> ——民歌

除了历史，
谁也无权滥唱颂歌。
面对沉默的沂蒙山，
谁还敢说，自己的灵魂，
高贵、朴素，抑或纯洁？

多么熟悉的
碾子、老井、石头墙……
歪脖子枣树、老草垛……
大娘、大嫂、小妞妞……
蓝花花头巾、红包裹……

而那爹，
也多么像我的爹——
憨厚的脸，憨厚的嘴唇，
赭色的皮肤，犁沟似的皱纹，
写满了"生"的艰辛与隐忍……

没有错,
这就是我高高的蒙山,
这就是我长长的沂河。
从来不需要想起,
到死也不会忘记。
我的东北村,
我的王家庄,
我的碾子沟和北小峨……
在这片光秃秃的山冈上,
我流过青春的血;
在这片密密的青纱帐里,
我唱过战斗的歌。

白发苍苍的老大娘啊!
你是不是还能记起我?
你的泪水流干了,
你的双眼哭瞎了,
你的三个年轻和孝顺的儿子,
我们的沂蒙山上的好兄弟啊!
都死在了残酷的战场上……
　　"好男儿,好女儿,
　　　到死心如铁……"
而我却是幸运活下来的那一个!
——吃过你摊的煎饼,
穿过你做的布鞋,
在黄昏的灶火边,含着泪水,
一声声唤你亲娘的那一个!

你已经看不见了！
看不见我的眉梢，
看不见我的眼角，
只剩下这块伤疤，
你还能一遍遍地抚摸；
只剩下这口乡音，
你还能一声声地辨别；
还有我的这颗心，
它也没有变——到死也不变！
它还是那么坚硬、刚烈，
打不烂，也捶不扁，
滚烫滚烫、鲜红鲜红，
时常感到痛楚的那一颗！

这位沉默的哑巴大嫂，
我的红嫂，你也老了！
你的身板压弯了，
你的胸脯干瘪了，
你是不是还能认出我？
我就是那个十七岁的小八路，
是你从王家河背进山洞里的，
你用三岁的小儿子的生命，
从鬼子刺刀下换回的那一个！

这件改了领口的贴身小袄，
你是不是还能认得它的色泽？
穿着它，揣着它，珍藏着它，
我尝遍了这人世的辛酸炎凉，

心里头总有你母亲般的生命的温热。

难忘你寒夜里为我熬鸡汤，
难忘你轻轻地为我洗伤口，
难忘你为我烧的热炕，
难忘你为我铺的被窝，
难忘你送我上路找部队，
送过了一坡又一坡，
你打着手势叮嘱我：
"找不到部队就快点转回家。"
你们永远站在村口等着我！

一等就等了五十年啊，
年年秋风，年年柳色！

有消息说我已经光荣了，
你对着我为你栽下的"相思红"，
放声哭了三天三夜；
又有消息说在一个游击队里，
看见了我还在打仗还在唱歌，
你和大哥便天天盼着喜鹊叫，
舍不得吃的鸡蛋全为我留着。
千层底的布鞋做了有上百双，
双眼望穿了沂蒙山上的星起星落……

啊，八千里路云和月，
半个世纪的风霜雨雪。
我的沂蒙山啊沂蒙山，

我的娘亲！我的生命！
我的金窑！我的情结！

我不信神，我不信佛，
但我相信山有灵魂，灵魂不灭！
那是人民的恩情、
　　　人民的自尊、
　　　人民的宽厚、
　　　人民的圣洁！
看着他们，想着他们，
谁还相信，人间还会有些东西，
叫作欺骗，叫作奸邪，
叫作权术，叫作谋取，
并且以革命的名义、以革命的资格，
滋生在我们今天和平的岁月！

千行男儿泪，
万缕慈母情。
有过月圆，有过月缺。
有过眼泪，有过欢乐。
我的沂蒙山啊沂蒙山，
哭了笑了你还是你，
唱了哑了我还是我。
倒下站起你还是你，
来了去了我还是我。

豆叶进灶烧成了灰，
大雪落地化成了水。

那么，有谁说过失落了什么，
请和我一同来寻找吧！
有谁曾经遗忘了什么，
请让沂蒙山的父母姊妹，
来为我们一一地招魂，
来为我的恢复记忆和知觉。
甚至包括失落了良心，
遗忘了的祖宗和历史，
不记得了自己曾经吸吮过的
亲娘的乳血！

1991年7月草于鲁西南
1991年12月改于武汉

诗传单一束

——写在三溪口抗洪前线

我是共产党员

那从深水中背你起来的人,
你看不清他满是泥浆的脸。
——你是谁?
——我是共产党员!

那冒着大雨送来衣物的人,
你分不出是女还是男。
——你是谁?
——我是共产党员!

呵,听见了吗? 大伯,
听见这雨夜里的声音了吗?
你是见过世事的人了,
相信吧——
有咱共产党,
何愁塌了天!

自救

秧苗是一家人流着汗水插下的,

稻子是一家人护理着成熟的,
眼看着就要到收获的时候了,
能不可惜吗!
那么,
水退一寸,就收它一寸,
水退一尺,就收它一尺。
不是在水中捞针、捞金子,
我们是在大水中收获来年希望的种子。
哪怕是一粒也好啊!

诗与诗人

我写的不是诗,
我更不是来看风景,
或来寻找什么诗情。
你们这时候来称我为诗人,
使我无地自容。

如果你们瞧得起,
请把我的文字当成沙袋和石子,
连同木桩一起砸进大堤。
这时刻谁还自称诗人,
恕我直言,
谁就有点卑鄙。

1991年夏天

回到民歌（组诗）

迎亲

日已西偏了，天色已晚，
我驾起马车，快把路赶。
那痴情的女子是我的新娘，
我苦苦地找了她二十三年。

她本是世上稀有的女子，
只为一个人才来到人间。
人说她是我前世的命星，
又是照亮我来生的灯盏。

日已西偏了，天色已晚，
我驾着马车，快把路赶。
三尺茅屋是我为她搭起的宫殿，
那痴情的女子就是殿中的歌仙。

心里有

心里有眼里有口里没有，
你把我撇在了三岔路口。

望过春望过夏望过了三秋,
滚烫的泪滴在你冰冷的背后。

怕你冷怕你热又怕你忧愁,
一万个牵挂藏在我心里头。

恨不能变成个影子跟你走,
是苦是累情愿和你一块受。

大红色枕头后半夜里绣,
千层的鞋垫撂了二尺厚。

一个在那山岭一个在那沟,
你让我走不是走留不是留。

恩情

响一声孤雷四十九天旱,
你的恩情我一生报答不完。

你为我生为我死为我受尽饥寒,
你为我哭为我笑为我历尽悲欢。

也曾经抛我弃我在野岭荒山,
到最后又把我紧紧搂在胸前。

冻我饿我又衣我食我,
叫我尝遍了人间冷暖甘甜。

羊羔吃奶双腿跪在母羊跟前，
小骆驼睡觉脸对着母驼的脸。

掏出我的心血来供奉你，
你是我脚下的大地头顶的天。

一把土

沙地上萝卜旱地的瓜，
千里万里也忘不了家。

家是祖祖辈辈留下的一把土，
家是出门前白发娘亲的一句话。

抓起一把黄土扬了个高，
断了线的风筝挂在槐树梢。

撇东撇西都撇下了，
怎么也撇不下祖先坟头那把草。

翻一道山梁砍一担柴，
滚着爬着我又回来。

回来不见亲娘的面，
亲娘下世已整十载。

北斗星

天上的北斗星整七颗,
哪一天不想你到夜半多?

你是我扎根开花的那把土,
你是我流血流汗的那条河。

冬天里冷来夏天里热,
青骡子拉上铁水车。

干了旱了你还是你,
哭了笑了我还是我。

你是我心头的一盏灯,
你是我怀里的一把火。

拧不干的云彩化不尽的雪,
一千次为你死一千次为你活。

大豆叶

大豆叶进灶烧成了灰,
雪花花落地化成了水。

妹妹坐着我的马车朝前走,
钢刀压在脖子上不后悔。

搭一间茅屋咱们当高楼,
糊一方格榥咱们做门楣。

有一天茅屋格榥都散了,
咱们就地当褥子天当被。

开一块荒地我撒种,
栽一排芸豆你浇水。

脱下那紧身小褂儿擦擦汗,
白萝卜的胳膊红萝卜的腿。

灵芝草

山尖上长出一棵灵芝草,
没有谁比得上那女子好。

白凌凌的脸蛋薄嘴唇儿,
绿裤子上配着件红棉袄。

马兰花儿开花摇呵摇,
痴女子的心思谁知道?

看不见哥哥雾沉沉的天,
望见了哥哥抿着嘴儿笑。

真心实意牵挂着你,
可惜了哥哥你不成材料。

地卜浪黄瓜你上不了架,
瘪嘴的葫芦你开不成瓢。

不成材

世上就数你不成材,
恨不敢恨来你爱不敢爱。

铺好了被窝你不敢上炕,
搭好了戏景你登不了台。

世上就数你过得苦,
哑巴吃黄连你说不出。

打起了垄儿你栽不上秧,
开出了荒地你种不上谷。

世上就数你活得惨,
眼看着心上人进了人家的院。

妹妹有心你不敢,
亏你是个男子汉。

世上就数你最窝囊,
哭不敢哭来你唱不敢唱。

一片痴情对着四面墙,
热泪滴在你那冷背上。

想你

想你想得肝肠断，
心里头好像有把刀子转。

避开那人群想了一整天，
半夜里又捧起你的相片看。

想你想得迷了窍，
鸡叫了三遍还睡不着觉。

抓起个枕头当成个你，
却亲不能亲来抱不能抱！

想你想得丢了魂，
烧火找不着灶火门。

吃饭忘了使筷子，
洗脸忘了拿手巾。

甜不过

甜不过的冰糖辣不过的蒜，
有什么闯不了的鬼门关。

黄土地黄来蓝天天蓝，
是苦是难咱们一起担。

摘了葫芦拉了蔓，
没有水也撑起那双桅船。

白杨木直来红柳木弯，
是死是活都在你身边。

一疙瘩坯子烧成砖，
雪山顶子上开雪莲。

宁叫他皇帝江山乱，
也不叫咱俩的关系断。

小棉袄

贴身的小棉袄改了领口，
哥哥你把它穿在身里头。

挡不住北风挡不住个冷，
就当小妹妹跟在你左右。

人家赶早集手牵着手，
我去赶集站在那大路口。

山前的云彩山后的雾，
哥哥你在哪一省里走？

东地的糜子西地的豆，
买了马儿就别再买牛。

世上的好女子哪里都会有，
只有一个痴痴等在你村后。

鱼骨扣

留不住的星星揪不住的月，
走不尽的沙滩过不完的河。
熬不干的油灯盼不亮的天，
翻不过的山梁爬不完的坡。

石头在山上水在沟，
走东走西你尽管走。

骡子走前马走后，
魂儿绕在你左右。

紧身的小袄鱼骨的扣，
心贴着心来肉贴着肉。

半套套的马车二沙沙的路，
要走咱们就走到它天尽头！

荞麦花

三尺三的鞭子五尺五的梢，
粉红色荞麦花开在半山腰。

撇东撇西撇不下个你，

这辈子的难处谁知道。

三更天的月亮五更天的星,
拿起箭来却拉不开弓。

怕你热来又怕你冷,
一千桩心事说给谁听?

黑老鸹变成个白翅膀鹰,
九曲曲黄河上千层层冰。

称下的梨儿送不上个门,
半夜里醒来听见你的呼唤声。

芫荽苗

芫荽苗儿种在瓜跟前,
咱们见面容易说话难。

长头发长来短头发短,
立夏的黄风顶不住天。

苦菜根苦来甜菜根甜,
青皮的葫芦紫皮的蒜。

天上的鹞子水里的鱼,
大河里滚凌把桥冲断。

你是山那边的嫩莴苣，
井水水浇不到你跟前。

白衫衫白来黑衫衫黑，
做了单的就做不成棉。

不成话

马鞭子一绕上了马，
双手揪住哥哥马尾巴。

叫一声哥哥你真绝情，
拿起个狠心扔我呀！

冷了你穿谁的贴身袄，
热了谁还为你洗汗褂。

窗台上谁放的煮鸡蛋？
地头上谁摆的熟甜瓜？

出了大门你扬一把沙，
马蹄子踩倒了马兰花。

叫一声哥哥说不成话，
撂下妹妹你要去哪呀！

要走你就早早地走，
妹妹的死活不用你牵挂。

要扔你就扔我个远,
省得人家净看我笑话。

放蜂人

走错了地下的条条大道,
数错了南来北往的雁群,
没有看错你的那片好心。

忘记了是早晨还是黄昏,
忘记了自己生日的时辰,
忘不了你的那一道眼神。

丢三丢四丢尽了金银,
撇东撇西撇下了双亲,
我赶着我的马车向你投奔。

打开紧闭的篱笆后门,
拍去我一路风沙灰尘,
我就是你十二年前要找的,
那个年轻的放蜂人。

红袄袄

放蜂放到了你的山头,
你站在山上我蹲在沟。

看见你红袄袄拉不着你的手,

七尺的汉子张着哑巴的口。

放蜂放到你的柳树林，
你站在阳坡我蹲在阴。

望见你的腰身猜不透你的心，
亮闪闪的彩线穿不进那个针。

放蜂放到了你的河滩，
你站在船头我蹲在岸。

听见了你唱歌看不清你眉眼，
光听见打雷声看不见那闪。

放蜂放到了你的村寨，
你倚在门里我蹲在外。

闻见了你喘气亲不着你的嘴，
穿上了鞋子又找不着北。

好男好女歌

好男儿是那岩缝的松，
宁折不弯啸大风。

好女儿是那河腰的柳，
怎能做河东狮子吼。

好男儿张着哑巴的口，
拉不上话儿就招招手。

好女儿是那穿线的针，
又交身子又交心。

好男儿是那入水的桨，
深深浅浅有主张。

好女儿是那出水的网，
疏疏密密亮堂堂。

好男儿有泪不轻弹，
不信那柴草信青山。

好女儿有情放在心坎，
热炕头还端上碗荷包蛋。

好男儿植的是常青树，
挡住了风霜挡住了雨。

好女儿唱的是百年歌，
贫贱的日子咱们笑着过。

交给你

七尺的汉子一生的力气，
我全都交给你。

交给你身子交给你心，
交给你我的生和死。

苦了笑了交给你。
唱了哑了交给你。

你是我扎根开花的那把土，
受苦受累我都愿意。

亲娘夜半手中的线，
男儿千里身上的衣。

百灵子过河沉不了底，
死在枕头上忘不了你。

只要你要我全都交给你，
只要我有我全都交给你。

好日子好好过，
我用热血供奉你。

1991年秋天，陕北榆林

父与子之歌

——纪念毛泽东诞辰一百周年

一

1946年。早春二月
山丹丹开得像节日的焰火
年轻的毛岸英回来了
回到了父辈们奋斗的土地上
回到了他日夜思念的祖国

他的脚上
蹬着苏维埃战士的高筒马靴
黄色的军呢大衣上
仿佛还残留着
卫国战争的硝烟烈火
他年轻而又英俊
像一个勇敢的哥萨克
他的怀里揣着
莫斯科大学的毕业证书
身上却涌动着
一个中国青年的热血

二

在清凉山下，延河之滨
他见到了自己陌生的父亲
板仓一别十九载
他在苦难中长大成人
多少次，梦里依稀慈母泪

而父亲的身影
却那么遥远而模糊
遥远得连亲生的儿子也无法辨认
此刻，父亲的大手
紧紧地握着儿子的手
他感到了一种力量
更感到了一片温存……

三

父与子，坐在小小的石桌旁
儿子幸福地望着父亲
父亲也从儿子的眼角眉梢
极力去回忆他小时候的模样
烽火连天的岁月里
亲情比金子还珍贵
天上飘过轻盈的云朵
窑洞前洒满斑驳的阳光
这是高原的春天的阳光
它照耀着父亲那丰润的乌发

也映亮儿子那含笑的脸庞
父亲问：在国外经常读些什么书
儿子说：读得最多的
是鲁迅先生的文章
父亲满意地点点头
又问起卫国战争的情况
儿子说：战争是异常残酷的
但红军的力量势不可挡
胜利的旗帜
终归要插上正义的城墙……
父亲说：你过去吃的是牛奶面包
回到了祖国，该加强一点
中国的小米的营养
你已经读完了苏联的大学
接着就应该进入
中国的劳动大学的课堂……
儿子说：妈妈生前也曾叮嘱
只有劳动，才是创造世界的希望
人民待我恩重如山
儿子终生不敢遗忘
人民是儿子的再生父母
我愿做人民的忠诚儿郎……

四

三天之后。父与子
又在延安城外依依分手
父亲亲自把儿子

送到去往三边的路口
他送给儿子一件
打了补丁的旧棉袄
背包里还捆进小米一斗
父亲说：去吧
去学会开荒，学会种地
去睡几年中国农民的炕头
父亲等着吃你种出的南瓜
等着握一握你打出茧子的双手……
这是延安城外最暖和的春天
春光里站着咱们的领袖
天空里呢喃着忙碌的紫燕
小桥上轻飏着翠绿的杨柳
"哥哥是个好后生……"
不远处的山塬上
飘来少女们现编的信天游……

1993年12月

香格里拉组曲

——献给K,纪念1999年秋天滇西北高原之旅

> 应召而来天的神鹰啊,
> 请你打开我阳光的天路
> ——亚东的歌

在一切山峰之上

最美丽的那片云彩
飘在离太阳最近的卡瓦格博雪峰
最明亮的那颗星星
闪耀在少女卓玛家的屋顶
最纯洁的那朵雪莲花
盛开在我的心中

黄昏时分,当我骑马经过一片花的草原
我听见一个声音在轻轻地向我召唤
流浪的人,你还要去寻找什么地方
美丽的香格里拉
就是你最后的家园
只有这里才能给你幸福和平安

比绿色更绿
比蓝色更蓝

那是谁，捧起圣母湖的滴滴甘露
滋润着我干渴的心田
像月亮一样纯洁
像太阳一样温暖
那无言的女子是美人中的美人
她明亮的眼睛是我心灵的摇篮
轻轻地，我走向她
就像走回母亲身边

我知道，没有哪一片土地
能够使我如此安宁
仿佛一个婴儿在母亲怀里
沉入甜蜜的梦境
香格里拉，在一切峰巅之上
只有你，才是我的神灵
你是我心中的日月
你是我不可抗拒的宿命

在你这里，我仿佛找到了失去的一切
过去的年代留给我的所有创伤
只有你的双手，能够为我抚平
你是我的福音
你是我的幻梦
你是那消失的地平线上
重新点亮的千年的风灯
只有你，能够为我
照亮回家的路程

海子小夜曲（给达娃）

来吧，来吧，亲爱的达娃
我要为你买来一千只漂亮的奶羊
再为你买来一千匹骏马
我还要为你围起一大片牧场
让牧场四季都开满鲜花

来吧，来吧，公主一样的达娃
我要为你采来卡日山最美的雪莲花
再为你搭起一千座高高的青稞架
我要让所有的斑尾榛鸡都围着你翔舞
让金沙江水哗哗流过你的窗下

来吧，来吧，跳舞的达娃
为了送你世界上最美的腰带
我要裁来白茫雪山绯色的云霞
为了送你世界上最漂亮的耳环
我要让释卡山所有的翡翠都放出光华

来吧，来吧，勤快的达娃
让我们一起在这里劳动和歌唱
雅鲁藏布江是我们仁慈的母亲河
有了土地和水的恩赐，我们就会幸福的
母亲的眼泪和乳汁，浇灌着我们的幸福之花

我的心啊在高原

不要问我心在何处

我的心啊在高原

在黑颈鹤和斑头雁过冬的高原

在胡兀鹫和苍鹰翱翔的高原

在野牦牛和马鹿奔跑的高原

在斑羚、岩羊和盘羊争斗的高原

不要问我心在何处

我的心啊在高原

在龙胆花、杜鹃和雪莲怒放的高原

在绿绒蒿、翠雀花和狼毒花的高原

在紫菀、乌头和鸢尾花摇曳的高原

在金莲花、藏红花和红景天盛开的高原

不要问我心在何处

我的心啊在高原

在三尖杉、红豆杉和澜沧黄杉扎根的高原

在沙棘、德钦杨和羌桃迎风招展的高原

在冷杉、云杉和大果红杉郁郁生长的高原

在楸树、川楝和蓝桉生生不息的高原

不要问我心在何处

我的心啊在高原

在竖着经幡垒着玛尼堆的高原

在筑着灵塔、香台和转经亭的高原

在裸露着古铜色胸膛的康巴人的高原

在手捧哈达唱着酒歌的东旺少女的高原

不要问我心在何处

我的心啊在高原

在活佛、喇嘛和朝圣者的高原

在所有的漂泊者和寻梦者回家的高原

在梦幻的高原、爱的高原

在人神共处、恍若天国的狂欢的高原

不要问我心在何处

我的心啊在高原

看那金色的青稞搭满了高高的青稞架

慈祥的藏族阿妈双手捧出了酥油茶

这是大地的恩赐，这是母亲的恩赐

喝下它吧，美丽的德钦高原就是你的家

不要问我心在何处

我的心啊在高原

在高原的牧场上，我们尽情地欢跳

为我伴歌的人们，你要跟上领唱者的曲调

吉祥缓慢的舞步，还要跟上领舞者的节奏

这是我们的高原啊

我们用狂欢庆祝大地的丰收

乌鸦之歌

至纯至美的黑色

黑得足以照彻最黑的黑夜

在噶丹松赞林寺的上空

在纳帕海和碧塔海的黄昏

在竖满经幡的山冈

在堆着祈祷石的岔路旁

在一群群朝圣者望向前方的目光里

在另一群朝圣者倒下的路上

在圣山与圣山之间

在古老的幽灵出没的地方……

你，披着神秘的黑斗篷

像一道道黑光闪过

诡异的神鸟啊

仿佛来往于阴阳两界的使者

看见过生，看见过死

看见过灵魂的再生与复活

你，净土上的灵鸟

所有的黑夜与墓冢的守望者

比雪山还要冷静

从山顶飞来，从头顶掠过

梭织着命运寂静的流风

用你黑夜一样的沉默

与卡瓦格博峰对话

众人：

在群峰之上，在圣灵之下

你是至高无上的雪山的神

你统领边地，你福荫雪域

我们都是你虔诚的臣民

请你用那颗博大的心

庇护我们，拯救我们——

所有降生在这片高原上

和将要降生在这片高原上的

所有死在朝圣路上
和将要死在朝圣路上的
你的子孙……

　　少女：
北起阿格冬尼雪山
南至碧罗雪山
我数遍了整整十三座山峰
没有哪一座比你更使我留恋
你是那么纯洁
你是那么瑰丽
因为你离太阳最近
你离尘埃最远
你是那么崇高
你是那么雄健
因为你领悟了永恒
你最甘于奉献
而我是你的
我是不属于任何人的
为了你，我愿头戴荆冠
赤裸双足，
越过所有寒冷的雪山和冰川
我要向你献上我处女的香草
献出我第一次的血
甚至我的生命……

　　卡瓦格博峰：
不，我崇拜你们，我热爱你们！

多少年来我守望着你们

超越了时空和轮回

你们圣洁的少女

你们善良的人民

你们天真的婴孩

你们苦难的母亲

还有你们——大地上的村落

高飞的鹰，和金色的草原与山林……

我爱你们！可是你们哪能懂得

我是怎样地热爱啊！

你以双手遮羞的处女

我把你敬若神明

你圣洁的血

是生命美丽的醴泉

请把它献给那能够为你而死的人

他，就在你的身边

还有你们——捧着洁白的哈达

转动着千年的经轮

匍匐在漫漫的朝圣路上的人们

你们一生的圣土

是我心灵的慈航

死，不会隔断我们的联系

你们每个人都是太阳

在大地上消失了

又会闪耀在天上

你们不朽的生命

是埋藏在雪山的珍珠

你们飞翔的灵魂

是照耀着雪山的阳光
我崇拜你们，我热爱你们
只有在你们面前
我才愿低下我痛苦的头颅……

　　诗人：
能为你们歌唱，这是我的命运
在这里，只有在这里
我全部的诗歌都重返纯真
一丛丛的经幡为我指引着迷途
众神的声音在唤醒我的灵魂
啊，这么多人！这么多人！
都匍匐在朝圣的路上——
朝着自己的命运
而高洁的雪山
又给了我一颗苍鹰的心！
像卡瓦格博雪峰一样
我向你们顶礼：永恒的女性
引导我上升的神！
你们的温情是我生命的炉膛
你们敞开的袍襟
是我进入天堂唯一的门
我也向你顶礼——
伟岸的男子，雪山的英魂
世界其实很小
小得能装进你的心
你是欢乐之神
也是孤独和痛苦之神

超越所有古老的欲望
只有你,最懂得灵魂的深沉
我也向你们顶礼——
为了一个伟大的信仰
甘愿献出生命的人们
你们用身体丈量着生与死的里程
在通往神示的路上
你们也都成了自己的神
当灵与肉都归于了雪山
也就归于了永恒
啊,永恒是什么?
永恒就是前仆后继
永恒就是死死生生

雪豹之死

一头雪豹死了
却睁着忧郁的眼
它最后的眸光里
映着一座巨大的雪山

它曾是整座雪山的王
心中有个巨大的信仰
它黑夜里的一声啸傲
像十二支长号同时吹响

它是一座雄性的山
却常常因为孤独而不安

没有对手的日子里
它的目光渐渐困乏和黯淡

来一群雪豹吧！如果
没有一群，只来一头也好
它常常一边孤独地逡巡
一边在心中呼唤和祈祷

没有对手，永远没有
它注定是一头孤独的雪豹
它在绝望中把自己视为对手
它攀上最后的悬崖纵身一跳
仿佛一场雪崩，一团斑斓的火
在寂静的峡谷升腾
为这头雪豹送葬的
是阵阵天风的悲鸣
应召而来的神鹰啊
带走了它一生的荣耀

诺日朗

你可曾听见
那自然与生命共有的、高耸的流水
正在这美丽的胴体里荡漾
你可曾感到
一种古老而伟大的力量
正在你的躯体里冲撞
那是一种完美而有力的舞蹈

仿佛非洲丛林里的雄狮在渴望出击
又如孟加拉的猎豹
看见了花斑灿烂的对手……
啊，你这不朽的、
　　无法遏制的激情与力量
为一个完美的生命而献身是值得的
请你相信：你，只有你
这敢于进入风暴中心
　　和万丈深渊的激情英雄
才是拯救那孤独和飘荡的
在大海上闪烁的女性的
　　真正的神……

格桑花盛开的地方

在美丽的少女们走过的地方
格桑花像星星一样闪烁着光彩
那是大地母亲慈祥的微笑
那是少女的爱情之花在盛开

香格里拉，当我从你的怀抱里醒来
我看见，我梦中的少女正站在窗外
她的眸子比黎明时分的露水还清亮
她的腰肢像常春藤一样柔软可爱

她是梅里雪山上的一座处女峰
看着她，谁还相信人间会有不洁的尘埃
她是眷恋着大地的雪山的女儿

她走到哪里,哪里就留下一片花海
每一朵格桑花都是少女心中的秘密
除了她,世界上还有什么更值得期待

香巴拉,香巴拉

"香巴拉",藏传佛教里的"理想国",意指偏远山林中一处完美的地方。英文香格里拉(SHANGRILA)即源于此。

为了这个古老的国度香巴拉
有多少人舍弃一切幸福去寻找她
香巴拉,香巴拉,有个大神秘
藏在她头发的森林里……
在苍鹰不到的地方
在冰雪不化的地方

她近在眼前,又远在天涯
她扑朔如梦,又灿烂如霞

香巴拉,香巴拉,她是蒙着面纱的女神
除了不朽的日月,她不属于任何人
她透明如水晶,纯洁如白玉
只因为她离尘世很远,离日月很近

香巴拉,香巴拉,她是一个古老的梦想
多少人含笑为她死在路上
爱情的伊甸园,心灵的宝藏

神灵昭示的土地，梦里的新娘

香巴拉，香巴拉
她是古老的司芬克斯
她是传说中的神秘风花
无论谁靠近了她都会离不开她

沉默，也是一种聆听

用什么方式，去聆听心灵的音乐？
你说，最好用沉默。

用什么方式，去回应隐秘的诉说？
你说，用你心中的诗歌。

用什么方式，去安抚灵魂的狂热？
你说，就用明天的离别。

离别之夜（仿诗人拜伦）

亲爱的朋友啊，在我们分别前
把我的心，把我的心交还
今夜，在滇西北深秋的高原上
干下这杯酒，我们又将天各一方
请听一句我别前的誓语
　　你是我的生命，我爱你！

收拾好各自的行装，明天又将去流浪

请让我独自留下吧,然后把我遗忘
整个世界都将是异域,只有这里
美丽的香格里拉,才是我的家乡
我要对那圣女般的眼睛起誓
　　你是我的生命,我爱你!

云路迢遥,四十年来天涯孤旅
怎能忘记那百合花一样的少女
小小的一杯泉水就使我醉了
轻轻的一瞥就使我全身颤栗
我要说,凭着爱情的一串悲喜
　　你是我的生命,我爱你!

亲爱的朋友啊,我们分了手
记着我吧,当你孤独的时候
骊歌唱罢,启明星已升上山林
香格里拉却紧紧抓住我的心和灵魂
我能够不爱你吗?不会的
轻轻走过曾经的家
记住千年不变的誓言
　　你是我的生命,我爱你!

1999年10月,迪庆—昆明

祖国早安

当时光的脚步
　　踏过多灾多难的世纪，
迎来了新千年
　　明丽的春天；
当中华儿女，跨越过
　　百年来的曲折坎坷，
露出了自信
　　与欢欣的笑脸；
当春兰怒放，
　　红梅吐艳；
当云雀高歌，
　　层林尽染……
啊，此刻，二十一世纪的艳阳，
已经普照在
　　莽莽的长城内外
　　和浩浩荡荡的黄河两岸，
普照在巍巍的黄山、泰山、昆仑山
　　和喜马拉雅山
　　美丽的峰巅……
它使所有的森林和草原，
　　比往日更加青翠，

更加鲜艳；
它使所有的笑声和歌声，
　　　比往日更加清朗，
　　　也更加舒展！

　　　啊，早安！
刚刚走下脚手架的建筑工人。
我看见，新世纪绯红的黎明，
为你们披上了一身
　　　华贵的衣衫……
　　　啊，早安！
风尘仆仆的环卫女工。
我看见，新世纪温柔的夜色，
滑下了你们辛劳的臂膀
　　　和你们饱经风霜的红颜……
　　　啊，早安！
所有的、所有的劳动者！
无论你们是来自田野、校园、
　　　银行、写字楼，
还是来自军营、实验室、
　　　集贸市场和工矿车间……
无论你们是企业家、教师、交通警察，
　　　还是医生、律师、司机、邮递员……
你们——岗位平凡
　　　而志向高远；
你们——索取不多
　　　而甘于奉献！

是你们，用辛勤的双手，
在我们伟大的
　　祖国的大地上，
写下了一首首不朽的、
　　创造的诗篇！

　　啊，早安！
你们自尊又自强的下岗工人。
请相信，下岗并不意味着
人生的天空
　　从此将会永远暗淡。
不！太阳每天都会升起，
　　大路永远伸展在前！
风雨过后，
　　还是美丽的艳阳天！
　　啊，早安！
你们默默无闻的普通士兵；
你们步履匆匆的共青团员；
你们德艺双馨的诗人、画家、歌唱家、
　　电影明星、芭蕾舞演员……
　　啊，早安！
你们在蓝天白云之间
展翅翱翔的飞行师；
你们头戴国徽的
　　检察官和大法官……
　　啊，早安！
为国争光的运动健儿。

你们青春的泪光，一次次
　　　在鲜艳的五星红旗下闪现！
　　　啊，早安！
日夜操劳的社区干部、家庭教师
　　　和家政服务员……
你们忙碌的身影，
都映照在我们
　　　充满感激的心间……
若问我们祖国
辽阔的天空
　　　为什么这么安详，
　　　这样霞光灿烂，
只因为有无数的好儿女
在将她守望，
　　　将她眷恋！
若问我们祖国
九百六十万平方公里的大地江山
　　　为什么这样壮丽，
　　　这样生机无限，
只因为有无数双勤劳和智慧的手
在为她梳妆，
　　　为她打扮！
啊，没有好父母，
　　　哪来的好儿女？
没有好儿女，
　　　哪来的好家园？
当星光隐入了云层，

大海涌动着波澜,
新世纪的太阳,
　　　跃出了东方的地平线……
在新世纪绯色的黎明中,
让我们为伟大的祖国
　　　祝福吧——
祝所有的少年儿童
　　　都能够幸福、平安!
祝所有的老人都健康,
　　　都能够安享天年!
祝所有的恋人都能够真心相爱,
　　　牵手涉过岁月的长河,
　　　到达永恒的、幸福的彼岸!
祝所有的家庭都充满温暖,
　　　让怡怡亲情的光芒
　　　映照着每一位亲人的欢颜……

这,就是我此刻的
　　全部激情和灵感;
这,就是我献给二十一世纪
　　和祖国母亲的
　　第一支歌
　　和礼赞的诗篇!

2000年,早春

蓝色星球之歌

黑夜中最耀眼的一颗宝石。
花朵里最灿烂的一朵雏菊。
我们手拉着手,围绕着这颗蓝色星球,
在茫茫的大宇宙中
诞生、成长,
唱歌、跳舞。

我们在黄河岸边,
升起了第一缕炊烟。
我们在刚果河边,
盖起了第一座小茅屋。
我们在尼罗河边,
建起了辉煌的金字塔。
我们在长江、恒河、亚马逊河
和密西西比河的晚霞中沐浴。
沿着古老的幼发拉底河,
我们披着满天的星光,
留下了一串串寻找的脚步。

黏土的房子,
曾经是我们所有人的家。

陶罐里清清的泉水，
灌溉过门前的尤加利树。
美丽的大熊星座和小熊星座，
是照耀过我们的灿烂的华灯。
我们用智慧的手指，
触摸过一颗颗金色的种子。
在清澈的山涧和森林边，
我们采集过，
最甘美的
生命的雨露。

雨水丰沛的大地，
是母亲温暖的胸怀。
四季呼啸的风声，
是一代代孩子的摇篮曲。
我们在长尾雉鸡啼叫的黎明中醒来。
我们去阳光照耀的大地上播种农作物。
我们在沙沙的玉米林里午睡。
我们去开满牛蒡花的小河边放牧。
暮色降临了，我们回家。
宝石般的晚星，
带回了所有的羊群和牲畜。
再小的小羊，也记得妈妈的气息，
听得见妈妈唤归的声音，
记得回家的每一条小路。
啊，多少万年过去了。
地球在飞转……

星团茫茫，银河荡荡，

飘过了我们午夜的窗户。

是谁在按着宇宙的脉息？

是谁曾听见过星球的絮语？

一道道光流里有亿万个太阳，

亿万个太阳在照耀着

我们这颗蓝色的星球，

比蓝色更蓝，

比绿色更绿。

像妈妈脸上的一滴

透明的眼泪。

像睡莲叶片上的一颗

发亮的水珠。

来吧，全世界的孩子们，

我们手拉着手，

围绕着这颗蓝色星球跳舞。

我们手拉着手，

围起一个大栅栏，

守护着美丽的泉水、花园和苗圃。

世界应该是美好的，

应该像它应有的那样美好，

——和平、温暖和富足。

这是我们最后的家园。

这是我们最后的星宿。

这是我们最后的森林和城市。

这是我们最后的江河与湖泊，

这是我们最后的
美丽的地平线和海岸线，
这是茫茫太空中，
我们最后的一座
美丽的小木屋。

2010年

为时代抒情,为人民抒怀

——第二届湖北艺术节开幕献诗

春花秋月,橙黄橘绿,异光流彩……
青山未老,薪火相传,国风归来……
今夜星光灿烂,
  照亮了湖北艺术节华丽的舞台。
让我们唱响瑰丽的中国梦,
  为灵秀湖北放歌、鼓劲、喝彩!
且看楚风汉韵,香飘沃土家园;
  荆楚艺苑,繁花正在盛开……

为祖国抒写,为时代抒情,为人民抒怀……
——一年前的此时,
习总书记在文艺座谈会上的讲话像金色的秋风,
吹过了大江南北、长城内外……
不,它更像一面旗帜在高空飘扬,
旗帜上大写着:
  中国文艺的梦想与未来!
感国运之变化,
  立时代之潮头,
    发时代之先声,
方能无愧于伟大的时代……
这是历史赋予每一位文艺家的光荣使命,
伟大的召唤,殷切的嘱托,

让我们激情澎湃!

上下五千年,中华民族的文明史,
滋养过我们一代又一代。
纵横九万里,灿若星辰的文化先贤,
留下的经典浩如烟海!
伟大的中华民族啊,
从来就拥有最强大的文化创造力,
"笼天地于形内,挫万物于笔端",
大江浪涌,祖国的江山代有人才!
实现中华民族伟大复兴,
需要中华文化繁荣兴盛,
这是我们的光荣与梦想,
这是我们的信念与期待!

仓颉造字,蔡伦造纸,
毕昇创造活字印刷……
只有如此伟大的文化创造力,
中华民族才能思接千载,继往开来。
屈原写诗,司马迁写史,关汉卿写戏……
文化先贤们拥有博大的家国情怀,
才能够呼风唤雨、排山倒海!
山有峰,水有源,
　　　民有根,国有魂……
中华民族从来就拥有顶天立地的大气概。
举理想之旗,
　　　立信念之柱,
　　　　　建精神家园,

为文者就应该——
道济天下之溺，文起八代之衰！
这是中华文化五千年不息的血脉，
这是中国社会主义文艺的灵魂所在。

啊，青山在侧，万象在心，
　　　我们豪情满怀……
待细把——大地山河描画；
用真情——将时代风雨剪裁。
讲好中国故事，
　　　演出中华精神，
　　　画出中国气派……
到火热的生活中去，
从人民的生活中来。
哪里有生活，
　　哪里就有最好的人物、故事和素材；
哪里有人民，
　　哪里就有我们的歌声、身影和舞台！

深深地扎根在人民中间，
用我们温润的心灵，
　　去感知人民的悲欢与热爱；
文艺是时代前进的号角，
只有真善美的精品力作，
　　才能够引领和匹配，
　　这日新月异的时代。
从德艺双馨的老一代艺术家，
到风华正茂的优秀青年人才，

我们有信心,
从平原走向高原;
  从高原走向高峰;
   走向——世界!
无愧于时代的召唤,
不辜负人民的期待,
这是文化凝聚的力量,
也是文艺家崇高的理想和情怀!

多少次披星戴月,我们无怨无悔;
多少次风餐露宿,我们从不倦怠;
山高水长,我们风雨兼程;
柳色秋风,我们痴心不改!
"龙文百斛顶,笔力可独扛";
"位卑未敢忘忧国","铁马冰河入梦来"!
祖国的召唤,人民的需要,
就是我们最后的守望与热爱!

从鄂西土家儿女的火塘边,
  到大别山下的小村寨;
从农民工兄弟的工棚前,
  到神农架的茫茫林海;
从社区、军营、校园,
  到工厂、车间、船台;
从养老院、福利院、幼儿园,
  到广场、田野、村里村外……
人民需要文艺,文艺需要人民,
追随着伟大的梦想,我们重任在肩;

听从着殷切的召唤，我们豪情满怀！

难忘一场场夏之风，秋之韵……
东湖音乐会，已经成为市民们年年的期待；
难忘一台台京剧、汉剧和楚剧……
梨园风华，传递着中国的正气与血脉；
难忘一台台黄梅戏、采茶戏、花鼓戏……
给我们带来泥土的芬芳，故乡的情怀；
难忘一台台歌剧、话剧、舞剧……
续写着高山流水、阳春白雪的湖北风采。
天地有大美，人间春常在。
"两个一百年"的奋斗目标，
已经不再遥远，正向我们走来！
实现中华民族伟大复兴的中国梦，众望所归，
我们的理想何其壮丽，又何其豪迈！
这，才是中国精神，
　　　　中国气派，
这，才是中国骨气，
中国血脉！

今夜，旗帜、梦想，在高高飘扬；
今夜，沃土、家园，在远方等待；
今夜，艺苑、繁花，将纷呈异彩。
今夜，我们服务人民、扎根生活的心，
向着荆山楚水，向着一个梦想敞开！
与祖国共命运，
　　　与时代共奋进，
　　　与人民共呼吸，

为祖国抒写，
　　为时代抒情，
　　为人民抒怀，
去迎接更加美好的明天，
去创造更加灿烂的未来，
辽阔的祖国大地，
就是我们抒写史诗的稿纸，
就是我们创造华彩乐章的舞台！

2015年

英雄赞歌

——献给2016年夏天抗洪抢险的勇士们

一

青山巍巍，绿水潺潺，
星移斗转，沧海桑田。
筚路蓝缕的楚国先贤，
给我们留下了千顷碧波、万里江山；
日出日落，月缺月圆，
柳色秋风，云舒云卷。
一代代勤劳的荆楚儿女，
用双手耕耘着淳朴的家园，
用心灵守护着不息的炊烟！

故乡啊，就像一棵历尽沧桑的大树，
经历过多少风霜雨雪，
经历过多少霹雳闪电！
即使是伤痕累累、疮痍斑斑，
也依然用巨大的绿阴护佑着我们，
护佑着一代代子嗣的幸福和平安！
多少次我们在心中默默祝福，
祝福我们的人民安居乐业、生活美满，
祝福荆楚大地风调雨顺，岁月静好，
祝福我们的故乡稻谷飘香、秋收满帆！

可是，当我们共同的命运的方舟，
刚刚驶进2016年如火的夏天；
当青青的秧苗正在拔节生长，
湖中的莲蓬，刚刚挺出清澈的水面；
当满园的瓜果刚刚变得成熟饱满，
青青的柑橘，已经挂满茂密的枝间……
仿佛是突然之间，风狂雨骤，天低云暗，
一轮又一轮强降雨，有如倒海翻江，
把一场巨大的灾难，推到了我们面前：
山体出现滑坡！道路开始塌陷！
房屋正被冲毁！堤坝似在震颤！

新洲在告急！孝感在告急！
倾盆大雨，仿佛决口的天河，
倾泻到了阳新、大冶、英山、罗田……
嘉鱼在告急！监利在告急！
原本是千里沃野、大江大湖的荆楚大地，
一夜间变得一片汪洋、水激浪淹！

不是在千里之外，也并非在天际云端，
滚滚洪流，就在我们眼前，
就在我们身边！
不是浪漫的大江东去，
也不是悠闲的雨洒江天，
惊涛拍岸，危在旦夕；
洪水无情，人命攸关！
滔天的巨浪，
正在冲毁我们的一道道堤岸；

脱缰的山洪，
　　　正在殃及我们的生命和家园！
全省二十多个市州、七十多个市县，
相继传来灾讯和险情，
而一轮轮强降雨，
　　　还在三楚大地上恣意蔓延……

难道说，这是威力无边的大自然，
故意要让我们的凝聚力、承受力，
让我们的全部感情和信念，
再来经受1998年夏天那样严峻的考验？
看吧，一个强大而暴烈的对手，
一场裹挟着我们的生存、生命与命运的特大洪灾，
又是如此骄横地奔突在我们面前！

从长江两岸，到清江两岸；
从汉水、漳水、富水，到辽阔的江汉平原；
从梁子湖，到龙感湖；
从鄂西北，到鄂东南……
这些多么亲切和熟悉的地方，
在一夜之间，紧紧揪住了我们的心弦，
让每一个人都变得彻夜不眠、焦灼难安！

二

啊，暴雨！暴雨！暴雨！
它漫过了湖岸，漫过了田野，
　　　漫过了村镇与河湾……

啊，洪水！洪水！洪水！
眼看着就要漫过我们的大堤，
　　那一道道象征着生命的水位线……
大堤之内，就是我们祖祖辈辈生息的家园，
大堤之内，有老人们的幸福，母亲们的欢颜，
还有孩子们书声琅琅的校园……
大堤之内，有我们的社区、超市、
养老院、幼儿园和图书馆，
有我们每个人的梦想、希望和明天！

啊，此时此刻，
时间就是生命！时间就是平安！
无数的村庄，正在暴风雨中紧急转移，
无数的勇士，在第一时间，
冲到了抗洪抢险的最前线！

现在，就让我们以生命的名义宣誓：
　　人在，家园就在，
　　人在，故乡就在！
　　人在，我们就有梦想、希望和心中的眷恋！
现在，也让我们以共产党员、
共青团员和革命军人的名义宣誓：
　　人在，初心就在，
　　人在，力量就在！
　　人在，我们就有不屈的意志和胜利的信念！

风雨中，传来了党和国家领导的殷切叮嘱：
要不惜一切代价，保障人民群众的生命安全，

只要人在，我们就能度过任何困境和难关！
风雨中，我们的总理和省委书记同志，
挽起裤脚，赶赴到了抗洪抢险最前线！
趟着江水，踩着泥泞，
奔走在抢险队伍中间，
人民的总理，心中装着人民的安危与冷暖！
风雨中，武警部队、舟桥旅部队、空降兵部队……
人民解放军，我们最可爱的人，
总是在危难的时刻出现在人民身边！
一队队指战员的身影，
就像划过沉沉黑夜的
一支支铁流、
　　一阵阵疾风、
　　　　一道道闪电！

"最重要的是保护人民群众生命安全，
保护干堤安全，一定要实现这两个确保！"
"我们靠大堤，但更重要的还要靠人……
这样才能保证几百万人民群众的生命安全，
才能保卫我们自己的家园。"
总理的叮嘱，在风雨中，迅速传递到了
每一处江堤、每一处湖岸、每一道河湾。
这是生存与死亡的较量，
这是人的力量与自然天灾的决战！
每个人的心中，都大写着一种伟大的情怀与信念：
　　不忘初心，我们众志成城！
　　保卫家园，我们勇往直前！

三

当我把他们的事迹，介绍给我们的市民和群众：
"这是我们抗洪抢险的英雄……"
他们，都微笑着摆摆手说：
　　　"不，不是英雄，
　　　我们是人民的子弟兵。"

当我把最美的颂歌，献给我们的部队官兵：
"你们，是老百姓心中最可爱的人……"
他们，每个人脸上都露出自豪的笑容：
　　　"军人的责任与担当，
　　　就是对党、对人民无限忠诚！"

当我奔走在抗洪抢险最前线，
穿行在昼夜不停的暴风雨中，
面对一身身迷彩服，
面对一身身汗水、雨水和泥泞，
我真的难以分清：
　　　谁，是我们的将军，
　　　谁，是我们的士兵。

从汤逊湖、梁子湖，到龙感湖、望天湖……
从府河堤、抱湖堤，到黄荡湖、屈家岭……
哪里有险情，哪里就有
他们飞驰而去的脚步声；
哪里有溃口，哪里就有
　　　他们巍然屹立的钢铁身影！

灾情就是号角，险情就是命令！
大堤就是战场，抢险就是征程！
一次次的洪峰，一处处的险情，
一道道的闪电，一阵阵的雷霆，
一个个的决口，一团团的陷阱，
一道道的命令，一队队的身影……
英勇的将士们在一夜之间，
飞驰到了全省抗洪抢险第一线，
万丈长缨在手，且看我抗洪军民，
如何降妖除魔，缚住水中苍龙！

啊，生命是宝贵的，
不能让洪水夺走一位老人、一个儿童！
啊，房屋是宝贵的，
不能让洪水夺走一间校舍、一座屋顶！
啊，土地是宝贵的，
不能让洪水夺走一堰禾苗，一间大棚！
啊，牲畜是宝贵的，
不能让洪水夺走一头牛、一头猪、一只羊，
甚至一个小小的鸡笼！

洪水是野马，我们就是驯马的骑手！
洪水是猛虎，我们就是伏虎的勇士！
洪水是妖魔，我们就是降妖的神仙！
洪水是苍龙，我们就是屠龙的英雄！

无论是司令员、政委、参谋长，

还是年轻的排长、班长、刚刚入伍的士兵；
无论是两鬓斑白的将军，
还是英姿飒爽的女兵；
无论是共产党员、共青团员，
还是炊事员、卫生员、通讯员；
无论是奔赴孝感、新洲、汉川，
还是赶往监利、黄冈、咸宁……
他们用砂石、水泥和草袋，
也用汗水、血肉和无限的忠诚，
筑起了一道道稳如磐石的意志的大堤，
　　和坚不可摧的信念的长城！

四

敬礼！满眼血丝的司令员，
敬礼！浑身泥泞的普通士兵，
有你们在，就有母亲们的幸福，
就有睡梦中的孩子们的安宁！
敬礼！肩扛沙袋的政委和参谋长，
敬礼！五过家门而不入的舟桥旅英雄，
有你们在，就有乡亲们的平安和依靠，
就有老百姓对党、对国家的信任和深情！

敬礼！连续三夜不曾合眼的支队长和指挥长，
人民的冷暖与安危，时刻挂在你们心中，
党中央和习主席的殷切嘱托，
字字千钧，比泰山还重！
敬礼！从手术台上爬起来，

赶到汤逊湖抢险第一线的老班长，
你用血肉之躯，忍受着剧烈的疼痛，
连续七个小时不下火线，
你的脚，被誉为最美的脚底板，
你的笑容，被赞为最美的笑容！

一位支队政委说：
"在身体极限处坚守，才叫真正的坚守。"
一位年轻的战士说：
"坚守的力量来自何处？
来自我们我们心中装着人民群众。"
一位支队参谋长说：
"只有身先士卒，才能拿到指挥的资格证！"
一位曾经参加过98抗洪、
获得过"英雄突击队员"称号的老兵说：
"只有与人民风雨同舟，共度险关，
才能称得上是习主席的好干部、好士兵！"

一行行朴素的誓言，一句句真实的心声；
一颗颗滚烫的赤子心，一缕缕殷殷的家国情！
自豪吧，伟大的祖国母亲，
高高飘扬的军旗上，大写着——
人民子弟兵对党、对祖国、
对人民的赤胆忠心；
大写着新一代军人
"不忘初心、继续前进"的神圣使命！

闻汛情而速动，快如疾风，

他们，永远向着最险处挺进！
挽狂澜于巨浪，愈战愈勇，
他们，以血肉之躯锁住了苍龙！
运筹帷幄的将军啊，
决胜岂止在千里之外？
面对危局，是退缩还是冲锋，
考验的是官兵的勇毅与忠诚！
啊，滔滔巨浪，淘洗出英雄本色，
真正的钢铁之师、威武之师，
原来就是这样炼成！

没有好父母，哪来的好儿女？
没有好将军，哪来的好士兵？
没有好儿女，哪来的好家园？
没有好祖国，哪来的好百姓？
啊，若问共和国辽阔的天空，
为什么这样霞光灿烂，这样月明风清？
只因为，有无数忠诚的好儿女，
在维护着她的和平，在守望着她的安宁！
若问共和国九百六十万平方公里的大地江山，
为什么这样壮丽，这样万物昌盛？
只因为，有无数双勤劳和智慧的手，
在为她梳妆打扮，在为她尽职尽忠！

五

此刻，七月的炎夏驱散了漫天的乌云，
风雨雷电，暂时隐入了远天的云层。

我们的大江大湖与大河，
　　变得像婴儿一样安宁。
此刻，新一天的太阳带着炽热的光芒，
跃出了东方的地平线，
　　霞光万道，天地一片澄净！
八月骄阳，照耀着
我们的城市、乡村、平原和峻岭，
也照耀着我们的田野、工厂、校园和军营……

我们胜利了！肆虐的洪水，
在我们面前退却了，
大地重新恢复了原有的沉静。
我们胜利了！是他们，
以所向无敌的力量，
换来了全省人民的平安、幸福与康宁！
我们胜利了！我们的党，
我们的祖国和人民，
我们的故乡和亲人，
在又一次大洪水面前经受住了严峻的考验！
大水无情，我们风雨同舟，
大爱无疆，我们众志成城！

我们胜利了！我们的解放军官兵，
在光荣与无畏中坚不可摧、战无不胜！
没有任何力量，
能够阻挡我们勇往直前的脚步，
　　和钢铁一样挺立的身影！

啊，让我们，为亲爱的祖国母亲祝福吧！
为亲爱的党和亲爱的人民祝福吧！
为党和人民高度信赖和倚重的
坚强柱石与钢铁长城——
英雄的人民子弟兵们祝福吧！
肩负着实现伟大的中国梦和强军梦的神圣使命，
我们不忘初心，继续前行！
江河行地，日月经天，
人间正道，不负苍生。
我们有力量，我们有信心，
去实现中华民族两个一百年的奋斗目标，
去现实中华民族伟大复兴的中国梦！

2016年8月，抗洪前线

徐鲁诗歌出版年表

《歌青青·草青青》 中国少年儿童出版社1989年11月第1版
《我们这个年纪的梦》 湖北少年儿童出版社1990年6月第1版
《世界很小又很大》 福建少年儿童出版社1996年10月第1版
《小人鱼的歌》 湖北少年儿童出版社1997年12月第1版
《七个老鼠兄弟——徐鲁童话诗》 浙江少年儿童出版社1998年9月第1版
《散步的小树》 民生报社（台湾）2000年8月第1版
《再来一碗青稞酒》（桂文亚·文、徐鲁·诗合集） 民生报社（台湾）2000年12月第1版
《世界早安》 青岛出版社2002年9月第1版
《我们这个年纪的梦》（增补版） 湖北少年儿童出版社2006年12月第1版
《祝福青青的小树林》 人民文学出版社2008年1月第1版
《七个老鼠兄弟》 江苏人民出版社2008年5月第1版
《朗诵给祖国听——徐鲁作品读本》 山东教育出版社2009年4月第1版
《校园弦歌》 明天出版社2009年4月第1版
《小骆驼找妈妈》（故事诗） 中国少年儿童出版社2011年1月第1版
《祝福青青的小树林》 人民文学出版社、天天出版社2011年7月第1版
《樱桃树下的童年》 福建少年儿童出版社2012年1月第1版
《灯花姑娘》（故事诗） 新蕾出版社2012年4月第1版
《乘着诗歌的翅膀》 河北少年儿童出版社2012年7月第1版
《小人鱼的歌》（增补版） 现代出版社2013年4月第1版
《世界很小又很大》（增补版） 安徽少年儿童出版社2015年1月第1版
《小蚂蚁进行曲》 江苏凤凰少年儿童出版社2015年1月第1版

《**散步的小树**》（增补版）　青岛出版社2015年4月第1版

《**献给老师的花束**》　南京大学出版社2015年6月第1版

《**我们这个年纪的梦**》（增补版）　晨光出版社 2016年5月第1版

《**校园弦歌**》（增补版）　安徽少年儿童出版社2016年6月第1版

《**美丽的愿望**》　外国文学出版社2017年1月第1版

《**雪孩子和蒲公英**》　青岛出版社2017年5月第1版

《**小蚂蚁进行曲**》（新版）　江苏凤凰少年儿童出版社2017年6月第1版

《**风信子和稻草人**》　青岛出版社2017年10月第1版